喵呜、呼噜和好天气

丰子恺 等 著

民主与建设出版社

·北京·

© 民主与建设出版社，2024

图书在版编目（CIP）数据

喵呜、呼噜和好天气 / 丰子恺等著 . -- 北京 : 民
主与建设出版社，2024.5
ISBN 978-7-5139-4599-8

Ⅰ.①喵… Ⅱ.①丰… Ⅲ.①散文集－中国－现代②
散文集－中国－当代 Ⅳ.① I266

中国国家版本馆 CIP 数据核字（2024）第 091623 号

本书部分文字作品著作权由中国文字著作权协会授权，
电话：010-65978917，传真：010-65978926，E-mail: wenzhuxie@126.com。

喵呜、呼噜和好天气
MIAOWU HULU HE HAOTIANQI

著　　者	丰子恺 等	
责任编辑	刘　芳	
封面设计	壹诺设计	
出版发行	民主与建设出版社有限责任公司	
电　　话	（010）59417749　59419778	
社　　址	北京市海淀区西三环中路 10 号望海楼 E 座 7 层	
邮　　编	100142	
印　　刷	玖龙（天津）印刷有限公司	
版　　次	2024 年 5 月第 1 版	
印　　次	2024 年 6 月第 1 次印刷	
开　　本	880 毫米 × 1230 毫米　1/32	
印　　张	7	
字　　数	120 千字	
书　　号	ISBN 978-7-5139-4599-8	
定　　价	52.00 元	

注：如有印、装质量问题，请与出版社联系。

面对猫的温柔娇媚，感到平静安详，赏心悦目，这多么好！猫实在是人的可爱而有力的朋友。

她把人间看成了天堂。她不相信
这世间会有不善，也不懂得恐惧。你
看她睡觉的表情多安详，多甜美！

猫的可爱，猫的特点，原来就在它柔媚里带着点神气活现的骄傲，骄傲里有点使人舍不得的柔媚。

可是，赶到它决定要出去玩玩，就会出走一天一夜，
任凭谁怎么呼唤，它也不肯回来。

白天它总是在堂屋里懒洋洋地睡觉，睡累了，才慢悠悠在房前屋后溜达一阵，又睡过去，呼噜呼噜打鼾。

我坐在藤椅上看着他们，可以微笑着消耗过一二小时的光阴，那时太阳光暖暖地照着，心上感着生命的新鲜与快乐。

目录

第一章
猫是唯一最终把人类驯服的动物

第二章
猫的可爱，可说是群众意见

第三章
猫原来就是美的凝聚体

第四章
还有你的猫在偷偷想你

第一章

猫是唯一最终把人类驯服的动物

　　白猫倏已五岁，我们缘分不浅，同时
我亦不免兴起春光易老之感。多少诗人词
人唤取春留驻，而春不肯留！我们只好"片
时欢乐且相亲"，愿我的猫长久享受他的
鱼餐锦被，吃饱了就睡，睡足了就吃。

白猫王子

梁实秋

有一天菁清在香港买东西，抱着夹着拎着大包小笼的在街上走着，突然啪的一声有物自上面坠下，正好打在她的肩膀上。低头一看，毛茸茸的一个东西，还直动弹，原来是一只黄鸟，不知是从什么地方落下来的，黄口小雏，振翅乏力，显然是刚学起飞而力有未胜。菁清勉强腾出手来，把它放在掌上，它身体微微颤动，睁着眼睛痴痴的望。她不知所措，丢下它于心不忍。颜氏家训有云："穷鸟入怀，仁人所悯。"仓卒间亦不知何处可以买到鸟笼。因为她正要到银行去有事，就捧着它进了银行，把它放在柜台上面，行员看了奇怪，攀谈起来，得知银行总经理是一位爱鸟的人，他家里用整间的房屋做鸟笼。当即把总经理请了出来，他欣然承诺把鸟接了过去。路边孤雏总算有了最佳归宿，不知如今羽毛丰满了未?

有一天夜晚在台北,菁清在一家豆浆店消夜后步行归家,瞥见一条很小的跛脚的野狗,一瘸一拐的在她身后亦步亦趋。跟了好几条街。看它瘦骨嶙峋的样子大概是久矣不知肉味,她买了两个包子喂它,狼吞虎咽如风卷残云,索性又喂了它两个。从此它就跟定了她,一直跟到家门口。她打开街门进来,狗在门外用爪子挠门,大声哭叫,它也想进来。我们家在七层楼上,相当逼仄,不宜养犬。但是过了一小时再去探望,它仍守在门口不去。无可奈何托一位朋友把它抱走,以后下落就不明了。

以上两桩小事只是前奏,真正和我们结了善缘的是我们的白猫王子。

普通人家养猫养狗都要起个名字,叫起来方便,而且豢养的不止一只,没有名字也不便识别。我们的这只猫没有名字,我们就叫它猫咪或咪咪。白猫王子是菁清给它的封号,凡是封号都不该轻易使用,没有人把谁的封号整天价挂在嘴边乱嚷乱叫的。

白猫王子到我们家里来是很偶然的。

一九七八年三月三十日,我的日记本上有这样的一句:

"菁清抱来一只小猫，家中将从此多事矣。"缘当日夜晚，风狂雨骤，菁清自外归来，发现一只很小很小的小猫局局缩缩地蹲在门外屋檐下，身上湿漉漉的，叫的声音细如游丝，她问左邻右舍这是谁家的猫，都说不知道。于是因缘凑合，这只小猫就成了我们家中的一员。

惭愧家中无供给，那一晚只能飨以一碟牛奶，像外国的小精灵扑克似的，它把牛奶舐得一干二净，舐饱了之后它用爪子洗洗脸，伸胳膊拉腿地倒头便睡，真是粗豪之至。我这才有机会端详它的小模样。它浑身雪白（否则怎能赐以白猫王子之嘉名？），两个耳朵是黄的，脑顶上是黄的中间分头路，尾巴是黄的。它的尾巴可有一点怪，短短的而且是弯曲的，里面的骨头是弯的，永远不能伸直。起初我们觉得这是畸形，也许是受了什么伤害所致，后来听兽医告诉我们这叫作麒麟尾，一万只猫也难得遇到一只有麒麟尾。麒麟是什么样子，谁也没见过，不过图画中的麒麟确是卷尾巴，而且至少卷一两圈。没有麒麟尾，它还称得上是白猫王子么？

在外国，猫狗也有美容院。我在街上隔着窗子望进去，设备堂皇，清洁而雅致，服务项目包括梳毛、洗澡、剪指甲以及马杀鸡之类。开发中的国家当然不至荒唐若是。第一桩事需要给我的小猫做的便是洗个澡。菁清问我怎个洗法，我也不知道。我只知道猫怕水，扔在水里会淹死，所以必须干洗。记得从前家里洗羊毛袄的皮筒子，是用黄豆粉羼樟脑，在毛皮上干搓，然后梳刷。想来对猫亦可如法炮制。黄豆粉不可得，改用面粉，效果不错。只是猫不知道我们对它要下什么毒手，拼命抗拒，在一人按捺一人搓洗之下勉强竣事，我对镜一看我自己几乎像是《打面缸》里的大老爷！后来我们发现洗猫有专用的洗粉，不但洗得干净，而且香喷喷的。猫也习惯，察知我们没有恶意，服服帖帖地让菁清给它洗，不需要我在一边打下手了。

国人大部分不爱喝牛奶，我国的猫亦如是。小时候"有奶便是娘"，稍大一些便不是奶所能满足。打开冰箱煮一条鱼给它吃，这一开端便成了例。小鱼不吃，要吃大鱼；陈鱼不吃，要吃鲜鱼；隔夜冰冷的剩鱼不吃，要现煮的温热的才吃……起先是什么鱼都吃，后来有挑有拣，现在则专吃新鲜的沙丁鱼。兽医说，喂鱼要先除刺，否则鲠在喉里要开刀，扎在胃里要出血。记得从前在北平也养过猫，一天买几个铜板的熏鱼担子上的猪肝，切成细末拌入饭中，猫吃得痛痛快快。大概现在时代不同了，好多人只吃菜不吃饭，猫也拒食碳水化合物了。可是飨以外国的猫食罐头以及开胃的猫零食，它又觉得不对胃口，别的可以洋化，吃则仍主本位文化。偶然给了它一个茶叶蛋的蛋黄，它颇为欣赏，不过掰碎了它不吃，它要整个的蛋黄，用舌头舐得团团转，直到舐得无可再舐而后止。夜晚一点钟街上卖茶叶蛋的老人沙哑的一声"五香茶叶蛋"，它便悚然以惊，竖起耳朵喵喵叫。铁石心肠也只好披衣下楼买来给它消夜。此外我们在外宴会总是不会忘记带回一包烤鸭或炸鸡之类作为它的打牙祭。

吃只是问题的一半，吃下去的东西会消化，消化之后剩余的渣滓要排出体外，这问题就大了。白猫王子有四套卫生设备，楼上三套，楼下一套。猫比小孩子强得多，无需教就会使用它的卫生设备。街上稍微偏僻一点的地方常见有人"脚向墙头八字开"，红砖道上星棋罗布的狗屎更是无人不知的。我们的猫没有这种违警行为，它知道在什么地方做什么事。只是它的洁癖相当烦人，四个卫生设备用过一次便需清理现场，换沙土，否则它会呜呜地叫。不过这比起许多人用过马桶而不冲水的那种作风似又不可同日而语。为了保持清洁，我们在设备上里里外外喷射猫狗特用的除臭剂，它表示满意。

　　猫长得很快，食多事少，焉得不胖？运动器材如橡皮鼠、不倒翁、小布人，都玩过了。它最感兴趣的是乒乓球，在地毯上追逐翻滚身手矫健。但是它渐渐发福了，先从腹部胖起，然后有了双下巴颏，脑勺子后面起了一道肉轮。把乒乓球抛给它，它只在球近身时用爪子拨一下，像打高尔夫的大老爷之需要一个球僮。它不到一岁，已经重到九公斤，抱着它上下楼，像是抱着一个大西瓜。它吃了睡，睡了吃，不做任何事——可是猫能做什么呢？家里没有老鼠，所以它无用武之地，好像它不安于饱食终日无所用心的境界，于是偶尔抓蟑螂、抓蚰蜒、抓苍蝇、抓蚊蚋。此外便是舐爪子抹脸了。

　　胖还不要紧，要紧的是春将来到，屋里怕关不住它。划出阳台一部分，宽五尺长三十尺，围以铁栏杆，可以容纳几十只猫，晴朗之日它在里面可以晒太阳，可以观街景。听见远处猫叫，它就心惊。万一我们照顾不到，它冲出门外，它是没有法子能再回来的。我们失掉一只猫，这打击也许尚可承受，猫失掉了我们，便后果堪虞了。菁清和我商量了好几次，拿不定主意。不是任其自然，便是动阉割手术。凡是有过任何动手术的经验的人都该知道，非不得已谁也不愿轻试。给猫行这种手术据说只要十五分钟就行了。我们还是不放心，打电话问几家兽医院，都说是小手术，麻药针都不必打，闻之骇然。最后问到"国际犬猫专医院"辜泰堂兽医师，他说当然要打麻药针，否则岂不痛死？我们这才下了决心，带猫到医院去。

猫装进小笼，提着进入计程车，它便开始惨叫，大概以为是绑赴刑场。放在手术台上便开始哀鸣，大概以为是要行刑。其实是刑，是腐刑，动员四个人，才得完成手术，我躲在室外，但闻室内住院的几只猫狗齐鸣。事后抱回家里，休养了约一星期，医师出诊两次给它拆线敷药。此后猫就长得更快、更胖、更懒。关于这件事我至今觉得歉然，也许长痛不如短痛，可是我事前没有征求它的同意。旋思世上许多事情都未经过同意——人来到世上，离开世上，可又征求过同意？

有朋友看见我养猫就忠告我说，最好不要养猫。猫的寿命大概十五六年，它也有生老病死。它也会给人带来悲欢离合的感触。一切苦恼皆由爱生。所以最好是养鱼，鱼在水里，人在水外，几曾听说过人爱鱼，爱到摩它、抚它、抱它、亲它的地步？养鱼只消喂它，侍候它，隔着鱼缸欣赏它，看它悠然而游，人非鱼亦知鱼之乐。一旦鱼肚翻白，也不会有太多的伤痛。这番话是对的，可惜来得太晚了。白猫王子已成为家里的一分子，只是没有报户口。

白猫王子的姿势很多，平伸前腿昂首前视，有如埃及人面狮身像谜一样的庄严神秘。侧身卧下，弓腰拳腿，活像是一颗大虾米。缩颈眯眼，藏起两只前爪，又像是老僧入定。睡时常四脚朝天，露出大肚子做坦腹东床状，睡醒伸懒腰，将背拱起，像骆驼。有时候它枕着我的腿而眠，压得我腿发麻。有时候躲在门边墙角，露出半个脸，斜目而视，好像是逗人和它捉迷藏。有时候又突然出人不意跳过来抱我的腿咬——假咬。有时候体罚不能全免，菁清说不可以没有管教，在毛厚肉多的地方打几巴掌，立见奇效，可是它会一两天不吃饭，以背向人，菁清说是伤了它的自尊。

据我所知，英国文人中最爱猫的是十八世纪的斯玛特（Smart），是诗人也是疯子。他的一首无韵诗《大卫之歌》第十九节第五十行起及整个的第二十节，都是描述他的猫乔佛莱。有几部分写得极好，例如：

上帝的光在东方刚刚出现，他即以他的方式去礼拜。

其方式是弓身七次，优美而迅速。

然后他跳起捉麝球，这是他求上帝赐给他的恩物。

他连翻带滚地闹着玩。

做完礼拜受了恩宠之后他开始照顾他自己。

他分为十个步骤去做。

首先看看前爪是否干净。

第二是向后踢几下以腾出空间。

第三是伸前爪欠身做体操。

第四是在木头上磨他的爪。

第五是洗浴。

第六是浴罢翻滚。

第七是为自己除蚤，以免巡游时受窘。

第八是靠一根柱子摩擦身体。

第九是抬头听取指示。

第十是前去觅食。

…………

他是属于虎的一族。

虎是天使，猫是小天使。

他有蛇的狡狯与嘘嘘声，但他禀性善良能克制自己。

如吃得饱，他不做破坏的事，若未被犯他亦不唾。

上帝夸他乖，他做呜呜声表示感谢。

他是为儿童学习仁慈的一个工具。

没有猫，每个家庭不完备，幸福有缺憾。

我们的白猫王子和英国的乔佛莱又有什么两样?

　　一九七九年三月三十日是猫来我家一周岁的纪念日，不可不饮宴，以为庆祝。菁清一年的辛劳换来不少温馨与乐趣，而兽医师辜泰堂先生维护它的健康，大德尤不可忘，乃肃之上座，酌以醴浆。我并且写了一个小条幅送给他，文曰："是乃仁心仁术　泽及小狗小猫"。

　　　　　　（原载1980年1月九歌出版社《白猫王子及其他》）

白猫王子五岁

梁实秋

　　五年前的一个夜晚，菁清从门外檐下抱进一只小白猫，时蒙雨凄其，春寒尚厉。猫进到屋里，仓皇四顾，我们先飨以一盘牛奶，他舔而食之。我们揩干了他身上的雨水，他便呼呼地倒头大睡。此后他渐渐肥胖起来，菁清又不时把他刷洗得白白净净，戏称之为白猫王子。

　　他究竟生在哪一天，没人知道，我们姑且以他来我家的那一天定为他的生日（三月三十日），今天他五岁整，普通猫的寿命据说是十五六岁，人的寿命则七十就是古稀之年了，现在大概平均七十。所以猫的一岁在比例上可折合人的五岁。白猫王子五岁相当于人的二十五岁，正是青春旺盛的时候。

　　凡是我们所喜欢的对象，我们总会觉得他美。白猫王子并不一定是怎样的美丰姿，可是他眉清目秀，蓝眼睛、红鼻头、须眉修长，而又有一副楚楚可怜的样子。腰臀一部分特别硕大，和头部不成比例，腹部垂腴，走起来摇摇摆摆，有人认为其状不雅，我们不以为嫌。去年七月二十日报载："二十四日在美国佛罗里达州巴马布耳所举行的一九八一年'全美迷人小猫竞赛'中，一只名叫邦妮贝尔的小猫得了首奖。可是它虽然顶着后冠，却不见得很高兴。"高兴的不是猫，是猫的主人。我们不会教白猫王子参加任何竞赛，他已经有了王子的封号，还急着需要什么皇冠？他就是我们的邦妮贝尔。

刘克庄有一首《诘猫诗》，有句云：

饭有溪鱼眠有毯，忍教鼠啮案头书？

我们从来没有要求过猫做什么事。他吃的不只是溪鱼，睡的也不只是毛毯，我们的住处没有鼠，他无用武之地，顶多偶然见了蟑螂而惊叫追逐，菁清说这是他对我们的服务。我们吃饭的时候他常蹲在餐桌上，虎视眈眈，但是他不伸爪，顶多走近盘边闻闻。喂他几块鱼虾鸡鸭之类，他浅尝辄止。他从不偷嘴。他吃饱了，抹抹脸就睡，弯着腰睡，趴着睡，仰着睡，有时候爬到我们床上枕着我们的臂腿睡。他有二十六七磅重，压得人腿脚酸麻。我们外出，先把他安顿好，鱼一钵，水一盂，有时候给他盖一床被，或是搭一个篷。等我们回来，门锁一响，他已窜到门口相迎。这样，他便已给了我们很大的满足。

"花如解语还多事，石不能言最可人。"猫相当的解语，我们喊他一声"猫咪！""胖胖！"他就喵的一声。我耳聋，听不见他那细声细气的一声喵，但是我看见他一张嘴，腹部一起落，知道他是回答我们的招呼。他不会说话，但是菁清好像略通猫语，她能辨出猫的几种不同的鸣声。例如：他饿了，他要人给他开门，他要人给他打扫卫生设备，他因寂寞而感到烦躁，都有不同的声音发出来。无论有什么体己话，说给他听，或是被他听见，他能珍藏秘密不泄露出去。不过若是以恶声叱责他，他是有反应的，他不回嘴，他转过身去趴下，做无奈状。

有人不喜欢猫。我的一位朋友远道来访，先打电话来说："听说府上有猫，请先把他藏起来，我怕猫。"真的，有人一见了猫就会昏倒。有人见了老鼠也会昏倒，何况猫？

据《民生报》四月二十三日一篇文章报导，法国国王亨利三世一见到猫就会昏倒。法国国王查理九世时的大诗人龙沙有这样的诗句：

当今世上

谁也没我那么厌恶猫

我厌恶猫的眼睛、脑袋，还有凝视的模样

一看见猫，我掉头就跑

人之好恶本不相同。我不否认猫有一些短处，诸如倔强、自尊、自私、缺乏忠诚等等。不过，猫和人一样，总不免有一点脾气，一点自私，不必计较了。家里有装潢、有陈设、有家具、有花草，再有一只与虎同科的小动物点缀其间来接受你的爱抚，不是很好么？

菁清对于苦难中小动物的怜悯心是无止境的，同时又觉得白猫王子太孤单，于是去年又抱进来一个小黑猫。这个"黑猫公主"性格不同，活泼善斗、体态轻盈、白须黄眼，像是平剧中的"开口跳"。两只猫在一起就要斗，追逐无已时。不得已我们把黑猫关在笼子里，或是关在一间屋，实行黑白隔离政策。可是黑猫隔着笼子还要伸出爪子撩惹白猫，白猫也常从门缝去逗黑猫。相见争如不见，无情还似有情。我想有一天我们会逐渐解除这个隔离政策的。

白猫倏已五岁，我们缘分不浅，同时我亦不免兴起春光易老之感。多少诗人词人唤取春留驻，而春不肯留！我们只好"片时欢乐且相亲"，愿我的猫长久享受他的鱼餐锦被，吃饱了就睡，睡足了就吃。

（原载1985年6月九歌出版社《雅舍散文》）

小麻猫

郭沫若

一

我素来是不大喜欢猫的。

原因是在很小的时候，有一天清早醒来，一伸手便抓着枕边的一小堆猫粪。

猫粪的那种怪酸味，已经是难闻的；让我的手抓着了，更使得我恶心。

但我现在，在生涯已经走过了半途的目前，却发生了一个心理转变。

二

重庆这座山城老鼠多而且大，有的朋友说：其大如象。

去年暑间，我们住在金刚坡下面的时候，便买了一只小麻猫。

雾期到了，我们把它带进了城来。

小麻猫虽然稚小，却很矫健。

夜间关在房里，因为进出无路，它爱跳到窗棂上去，穿破纸窗出入。破了又糊，糊了又破，不知道费了多少事。但因它爱干净，捉鼠的本领也不弱，人反而迁就了它，在一个窗格上特别不糊纸，替它设下布帘。然而小麻猫却不喜欢从布帘出入，总爱破纸。

在城里相处了一个月，周围的鼠类已被肃清，而小麻猫突然不见了。

大家都觉得可惜，我也微微有些惜意：因为恨猫究竟没有恨老鼠厉害。

三

小麻猫失掉，隔不一星期光景，老鼠又猖獗了起来，只得又在城里花了十五块钱买了一只白花猫。

这只猫子颇臃肿，背是弓的。说是兔子倒像些，却又非常的濡滞。

这白花猫倒有一种特长，便是喜欢吃馒头，因此我们呼之为"北京人"。

"北京人"对于老鼠取的是互不侵犯主义。我甚至有点替它担心，怕的是老鼠有一天要不客气起来，竟会侵犯到它的身上去的。

四

就在我开始替"北京人"担心的时候，大约也就是小麻猫失掉后已经有一个月的光景，一天清早我下床后，小麻猫突然在我脚下缠绵起来了。

——啊，小麻猫回来了！它不知道是什么时候回来了的。

家里人很高兴，小麻猫也很高兴，它差不多对于每一个人都要去缠绵一下，对于以前它睡过的地方也要去缠绵一下。

它是瘦了，颈上和背上都拎出了一条绳痕，左侧腹的毛烧黄了一大片。

使小麻猫受了这样委屈的一定是邻近的人家，拎了一月，以为可以解放了，但它一被解放，却又跑回了老家。

五

小麻猫虽然瘦了，威风却还在。它一回到老家来依然觉得自己是主人，把"北京人"看成了侵入者。

"北京人"起初和它也有点敌忾，但没几秒钟就败北了，反而怕起它来。

相处日久之后，小麻猫和"北京人"也和睦了，简直就跟兄弟一样——我说它们是兄弟，因为两只都是雄猫。

它们戏玩的时候，真是天真，相抱，相咬，相追逐，真比一对小人儿还要灵活。

就这样使那濡滞的"北京人"也活跃起来了，渐渐地失掉了它的兔形，即恢复了猫的原状。

跳窗的习惯，小麻猫依然是保存着的。经它这一领导，"北京人"也要跟着来，起先试练了多少次，便失败了多少次，不久公然也跳成功了。

三间居室的纸窗，被这两位选手跳进跳出，跳得大框小洞；冬风也和它们在比赛，实在有些应接不暇。

人是更会让步的，索性在各间居室的门脚下剜了一个方洞，以便于猫们进出。这事情我起初很不高兴，因为既不雅观，又不免依然替冷风开了路，不过我的抗议是在洞已剜成之后，自然是枉然的。

六

小麻猫回来之后，又相处了有一个月的光景，然而又失掉了。

但也奇怪，这一次大家似乎没有前一次那样地觉得可惜。

大约是因为它的回来是一种意外的收获，失掉也就只好听其自然了吧。

更好在"北京人"已被训练成为了真正的猫，而不再是兔子了。

老鼠已经不再跋扈，这更减少了人们对于小麻猫的思慕。

小麻猫大概已被人带到很远很远的地方去了吧，它是怎么也不会回来的了。——人们也偶尔淡淡地这样追忆，或谈说着。

七

可真是出人意外，小麻猫的再度失去已经六七十天了，山城一遇着晴天便已感觉着炎暑的五月，而它突然又回来了。

这次的回来是在晚上，因为相离得太久，对人已经略略有点胆怯。

但人们喜欢过望，特别的爱抚它。我呢？我是把几十年来对猫厌恶的心理，完全克服了。

我感觉着，我深切地感觉着：我接触着了自然底最美的一面。

我实在是受了感动。

回来时我们正在吃晚饭，我拈了一些肉皮来喂它，这假充鱼肚的肉皮，小麻猫也很欢喜吃。我把它的背脊抚摩了好些次。

我却发现了它的两只前腿的胁下都受了伤。前腿被人用麻绳之类的东西套着，把双方胁部的皮都套破了，伤口有两寸来往长，深到使皮下的肉猩红地露出。

我真禁不住要对残忍无耻的两脚兽提出抗议。盗取别人的猫已经是罪恶，对于无抵抗的小动物加以这样无情的虐待，更是使人愤恨。

八

盗猫的断然是我们的邻居：因为小麻猫失去了两次都能够回来，就在这第二次的回来之后都不安定，接连有两晚上不见踪影，很可能是它把两处都当成了它的家。

今天是第二次回来的第四天了，此刻我看见它很平安地睡在我常坐的一个有坐褥的藤椅上。我不忍惊动它。

昨天晚上我看见它也是在家里的，大约它总不会再回到那虐待它的盗窟里去了吧。

九

我实在感触着了自然底最美的一面，我实在消除了我几十年来的厌猫的心理。

我也知道，食物的好坏一定有很大的关系，盗猫的人家一定吃得不大好，而我们吃的要比较好一些——至少时而有些假充鱼肚骗骗肠胃。

待遇的自由与否自然也有关系。

但我仍然感觉着，这里有令人感动的超乎物质的美存在。

猫子失了本不容易回来，小麻猫失了两次都回来了，而它那前次的依依，后次的恫怯都是那么的通乎人性。而且——似乎更人性。

我现在很关心它，只希望它的伤早好，更希望它不要再被人捉去。

连"北京人"我也感觉着一样的可爱了。

我要平等的爱护它们，多多让它们吃些假充鱼肚。

1942年5月6日

（原载1942年6月桂林《文化杂志》第2卷第4期，
原题《小麻猫的归去来》）

阿嘤

徐志摩

那天放在一只麻线扎口的蒲包里带回家的时候，阿嘤简直像是一只小刺猬，毛松松的蜷成一堆，眼不敢向上望，也不敢叫。一天也没有听她叫，不见她跑动，你放她在什么地方她就耽着，沙发上，床上，木凳上，老是那可怜相儿地偎着，满不敢挪窝儿。结果是谁也没有夸她的。弄这么一个破猫来，又瘦，又脏，又不活动，从厨房到闺房，阿嘤初到时结不到一点人缘。尖嘴猫就会偷食，厨房说。大热天来了这脏猫满身是跳蚤的多可厌，闺房说。但老太太最担心的是楼下客厅里窗台上放着的那只竹丝笼子里老何的小芙，她立刻吩咐说，明儿赶快得买一根长长的铁丝，把那笼子给吊了起来。吃了我的小鸟我可不答应！小芙最近就有老太太疼他。因为在楼下，老太太每天一醒过来就听得他在朝阳中发狂似的欢唱。给鸟加食换水了没有，每天她第一声开口就顾到鸟。有白菜没有，给他点儿。小芙就爱白菜在他的笼丝上嵌着。他侧着他的小脑袋，尖着嘴，亮着眼，单这望望就够快活心的。有时他撕着一块一口吞不下的菜叶，小嘴使劲地往上抬，脖子压得都没有了，倒像是他以为菜是滴溜得可以直着嗓子咽的。你小芙是可爱；自从那天在马路边乡下人担子上亮开嗓子逗我们带他回家以来，已经整整有六个月。谁也不如他那样的知足，啄一点清水，咬几颗小米，见到光亮就制止不住似倾泻地狂欢，直唱得听的人都愁他的小嗓子别叫炸了。他初来时最得太太的疼惜，每天管着他的吃喝洗澡晒太阳。阿秀一天挨了骂为的是忘了把他从阳台上收进来叫阵头雨给淋着了，可怜的小芙，叫雨浇得半根毛都直不起来，动着小翅膀直哆嗦。太太疼他且比疼人还疼得多，一点儿小鸟有什么好，倒害我挨骂，准有一天来个黄鼠狼或是野猫把他一口给吃了去的！阿秀挨了骂到厨房去不服气，就咒小芙。

近来小芙是老太太的了。所以阿嘤一进门，老太太一端详她的嘴脸就替小芙恐慌。这小猫是新停的奶又是这怕事相也许不至闹乱子吧，我当然回护阿嘤。

但到了第二天阿秀的报告来时我也有点不放心了。原来她下楼去一见鸟笼就跳脱了阿秀的手跑去笼子边蹲着，小芙一见就着了慌，豁开了好久不活动的小翅膀满笼子乱扑。阿嘤更觉得好玩了，她伸出一只前脚到笼丝上去拨着玩儿，这来阿秀吓得一把抱了她直跑上楼。噢——吓得我，阿秀说。

这新闻一传到厨房，那小天井里自来水管脚边成天卖弄着步法的三只小鸭子也起了恐慌。吓，吓，他们摇着梢尾挤作一团，表示他们是弱小民族。但这话当然过于夸张阿嘤的威风。实际上她一辈子就没有发作过她的帝国主义的根性。

她第二天就大大地换了样是真的。勒粟尔的一洗把她洁白的一身毛从灰黑中救了出来，这使她增了不少的美观。嘴都不像昨儿那样尖了似的。模样儿一俊，行动也爽荡了：跳上沙发，伸一个懒腰，拱一个背，打一个呵欠，猛然一凝神，忽地又蹿下了地，一溜烟不见了。再见她是在挂帘上玩把戏，一个苍蝇在她的尾尖上掠过，她舍了窗帘急转身追那小光棍，蝇子没追着，倒啃住了自个儿的尾巴。回头一玩儿倦，她就慢腾腾地漫步过来偎着太太躺下了，手一摸她的脖子她就用不放爪的前脚捧住了舔。这不由人不爱。"我也喜欢她了。"太太，本来不爱猫的，也叫阿嘤可爱的淘气给软化了。

她晚上陪着太太睡。绵似的一团窝在人的脚边。昨晚我去睡的时候，见她睡在小房间的床上，小脑袋枕着一条丝绒的围巾，匀匀地打着呼。一切都是安静的。

但今天早上发生了绝大的悲惨。老何手提着小芙的笼子，直说"完了，完了"。笼子放在楼梯边一只小桌上，笼丝上挂着三片淡金色的羽毛。笼丝也折断了两根，什么都完了，可是一点儿血迹都没有。"我说猫一进门鸟笼子就该悬中吊着不是？"老何咕哝着，仿佛有人反对过那个主意。老太太不是打前儿个就吩咐要买铁丝吊起笼子的吗？老何是太忙了，也许是太爱闲躺着，铁丝儿三天没有买，再买也来不及了。得，玩儿完！

"啊呀"，厨房里又响起一阵惊叫的声音，"我那三只鸭儿呢，怎么的不见了？"厨娘到天井去洗菜才发现那弱小民族的灾难。"好，一个芙蓉，外加三个鸭子，好大胃口，别瞧她个儿小，真可以的！"老何手捻着小芙的遗毛，嗓子都哑了。"我早知道尖嘴的一定是贼"，厨娘气红了脸心里盘算着她无端遭受的损失：买来时花了四毛半小洋，还费了多少话才讲下的价。再过两个月每只准有二斤吧，一块钱卖不到，八角钱一只总值的，三八二元四，这损失问谁算去。况且那三条小性命，黄葱葱的一天肥似一天，生生的叫那贼猫给吃得脯肝都不剩一个，多造孽！下次再也不上当了。厨娘下回再也不上当了。

老太太听见了闹声也起床出房来问是什么事。可是这还用得着问吗？单看了老何手掌心里托着的三片黄油油的毛就够叫软心的老太太掉眼泪，还有什么问的？完了，早上醒过来他那欢迎光明的歌声，直唱得满屋子都是快活，谁听了都觉得爽气，觉得这日子是有意思的，还有他那机灵的小跳动，从这边笼丝飞扑到那边笼丝，毛彩那样美，眼珠那样亮，尤其开口唱的时候小脖子一鼓一鼓的就像是有无数精圆珠子往外流着——得，全没了，玩儿完！老太太怎样能不眼红？鸭子倒是小事，养肥了也是让人吃，到猫肚子去与到人肚子去显不了多少分别，老太太不明白厨娘为什么也要眼红，可是小芙——那多惨多美的一条小性命叫一个贪心的贼强盗给劫了去，早上的太阳都显得暗些似的。"阿秀呢？"老太太问。阿秀还睡着没有起，她昨晚睡得迟。阿秀也昏，不该把小芙放在这地方正方便贼。可怜的小芙！

老太太为公理起见再也不说话就上楼去捉贼。贼！她进小房间见阿嘤在床上睡得美美的，一发火就骂。阿嘤从甜梦中惊醒了仰头一看神情不对，眼睛里也露着慌张。"一看就知道你是贼！倒有你的，我饶了你才怪哪！"慈悲的老太太一伸手就抓住了阿嘤的领毛就带了她下楼；从老何手里要过那三片毛来给放在笼边，拿阿嘤脑袋抵笼丝叫她闻着那毛片的美味，然后腾出一只手来结实地收拾那逮着了的刑事犯。你吃，你吃！还我的小芙来！贼猫，看你小心眼倒不小，叫得多美的一只鸟被你毁了。

阿嘤急得直叫，可是她的叫实在比不上小芙的。也许是讨饶，也许是喊冤，小爪子在笼边直抓，脑袋都让打昏了。

这一闹阿秀也给惊醒了，昨晚最迟的那一个。她一下来直说"不对不对，不是她！"原来昨晚半夜里她见一只大黑猫在楼梯边亮着灯笼似的两只大眼，吓得她往屋子里躲。害命的准是那大贼，这小猫哪吃得了许多，昨儿给她一根小鸡骨头她都咬不烂哪！老太太放了手，阿嘤飞也似的逃了去。"怪不得，我说这点儿小猫会有那胃口，三个鸭子，一只鸟，又吃得那干净。"老何还是咕哝着。

回头太太给阿嘤的脖子上围上一根美美的红绒，算是给她披红的意思。小芙的破笼子还在楼下放着。

（原载1929年8月22日《美周》第四期人体专号）

贪污的猫

丰子恺

　　我家养了五只猫。除了一只白猫是已故的老白猫"白象"所生以外,其余四只都是别人送我们的。就因为我在《自由谈》上写了那篇悼白象的文章,读者以为我喜欢猫,便你一只、我一只地送来。其实我并不喜欢真猫,不过在画中喜欢画猫而已;喜欢猫的,倒是我的女孩子们。因为她们喜欢,就来者不拒,只只收养。客人偶然来访,看见这许多猫围着炭火炉睡觉,洗脸,捉尾巴,厮打,互相舔面孔,都说"好玩!""有趣!"殊不知主人养这五只猫,麻烦透顶,讨气之极!客人们只在刹那间看到其光明的一面,而不知其平时的黑暗生活;好比只看见团体照相的冠冕堂皇,而不悉机关内容的腐败丑恶,自然交口赞誉。若知道了这群猫的生活的黑暗方面,包管你们没有一人肯收养的!原来它们讨气得很：贪嘴，偷食，而且把烂污撒在每人的床脚底下，竟是一群"贪污的猫"。

有一天，大司务买菜回来，把菜篮向厨房的桌上一放，去解一个溲。回来时篮内一条大鳜鱼不翼而飞了。东寻西找，遍觅不得。忽听见后面篱笆内有猫吼声，原来五只猫躲在那里分赃，分得不均，正在那里吵架！大司务把每只猫打一顿，以示惩戒；然而赃物已大半被吞，狼藉满地，收不回来了。

后来又有一天，因为市上猫鱼常常缺乏，大司务一次买了一万元猫鱼来囤积。好在天冷，还不致变坏。他受了上次的教训，把囤积的猫鱼放在菜橱的最高层。这天晚上，厨房里"砰澎括拉"，闹个不休。大司务以为猫在捉老鼠，预备明天对猫明令嘉奖。岂知第二天早上起来一看，橱门已经洞开，囤积在上层的猫鱼被吃得精光，还把鱼骨头零零落落地掉在下层的菜碗里。大司务照例又把五只猫各打一顿，并且饿它们一天，以示惩戒。自今以后，橱门上加了锁，每晚锁好，以防贪污。

猫在一晚上吃了一万元猫鱼，隔夜饱了，次日白天，不吃无妨。但到了晚快，隔夜吃的早已消化，肚子饿起来，就向大司务叫喊。大司务不但不喂，又给一顿打。诸猫无奈，就向食桌上转念头。这晚上正好有一尾大鱼。老妈子端齐了菜蔬碗，叫声大家吃饭，管自去了。偏偏这晚上大家事忙，各人躲在房间里，工作放不下手，迟了一二分钟出来。一看，桌上有一只空盆，盆底上略有些汤。我以为今晚大司务做了一样别致的菜了。再看，桌上一道淋漓点滴的汤，和几个猫脚印。这正是猫的贪污的证据了，我连忙告发。大家到处通缉，迄无着落。后来听得厢房内有猫叫声，连忙打开电灯一看，五只猫麕集在客人床里吃一条大鱼，鱼头、鱼尾、鱼汤，点缀在刚从三友实业社出三十万元买来的白床毯上！这回大加惩罚，主母打一顿，老妈子和大司务又打一顿。打过之后，也不过大家警戒，以后有鱼，千万当心，谨防贪污。而这天的晚餐，大家没得鱼吃了。

以后，鱼的贪污，因为防范甚严，没有发生。岂知贪污不一定为鱼，凡有油水有腥气的东西，皆为猫所觊觎。昨天耶稣圣诞，有人送我一个花蛋糕，像帽笼这么一匣。客人在座，我先打开来鉴赏一下，赞美一下，但见花花绿绿的，甜香烘烘的，教人吞唾液。客人告辞，大家送出门去，道谢道别。不过一二分钟，回转来一看，五只猫围着蛋糕，有的正在舐食上面的糖花，有的咬了一口蛋糕，正在歪着头咀嚼。连忙大喊"打猫"，五猫纷纷跳下桌子，扬长而去。而蛋糕已被弄得一塌糊涂，不堪入目了。我们只得把五猫吃剩的蛋糕上面削去一层，把下面的大家分食了。下令通缉，诸猫均在逃，终无着落。

上面所举，只是著名的几件大案子。此外小小案件，不可胜计，我也懒得一一呈报了。更有可恶的，贪吃偷食之外，又要撒烂污在每人的床底下。就如昨夜，我睡在床里，闻得猫屎臭，又腥又酸的，令人作呕。只得冒了夜寒，披衣起床，用电筒检查。但见枕头底下的地上，赫然一堆猫屎！我房间中，本来早已戒严，无论昼夜，不准贪污的猫入内。但是这些东西又小又滑，防不胜防。我们无法杜绝贪污，只得因循姑息下去。大小贪污案件，都只在发生的当初轰动一时，过后渐渐冷却，大家不提，就以不了了之。因此诸猫贪污如旧。

今天，我忽发心，要彻底查究猫的贪污，以根绝后患。我想，猫的贪污，定是由于没有吃饱之故；倘把只只猫喂饱，它们食欲满足，就各自去睡觉，洗脸，捉尾巴，厮打，或互相舐面孔，不致作恶为非了。于是我叫大司务来，问他："每日喂几顿？每顿多少分量？"大司务说："每日规定三顿，每顿规定一千元猫鱼，拌一大碗饭。"我说："猫有五只，这一点点怎么吃得饱呢？"大司务说："它们倾轧得厉害。有时大猫把小猫挤开，先拣鱼来吃光，然后让小猫吃。有时小猫先落手为强，轮到大猫就没得吃。吃是的确吃不饱的。"我说："为什么不多买点猫鱼，多拌点饭呢？"大司务说："……"过了一会，又说："太太规定如此的。"我说："你去。"就去找太太，讨论猫的待遇问题。

我说："这许多猫，怎么每天只给一千元猫鱼呢？待遇这样薄，难怪它们要贪污了！"太太满不在乎地回答："并没有薄，一向如此呀！"我说："物价涨了呀！从前一千元猫鱼很多，现在一千元猫鱼只有一点点了！你这办法，正是教唆诸猫贪污！你想，它们吃不饱，只有东钻西钻，偷偷摸摸，狼狈为奸，集团贪污。照过去估计，猫的贪污，使我们损失很大！你贪小失大，不是办法。依我之见，不如从今大加调整。以物价指数为比例：米三十万元的时候每天给一千元猫鱼，如今米九十万了，应给三千元猫鱼。这样，它们只只吃饱，贪污事件自然减少起来。"太太起初不肯。后来我提及了三友实业社的三十万元的床毯被猫集团贪污而弄脏的事件，太太肉痛起来，就答允调整。立刻下手令给大司务，从明天起每日买三千元猫鱼。料想今后，我家猫的贪污案件，一定可以减少了。

1947年12月26日于杭州

（原载1948年1月5日《天津民国日报》）

白象

丰子恺

白象是我家的爱猫，本来是我的次女林先家的爱猫，再本来是段老太太家的爱猫。

抗战初，段老太太带了白象逃难到大后方。胜利后，又带了它复员到上海，与我的次女林先及吾婿宋慕法邻居。不知为了什么原因，段老太太把白象和它的独子小白象寄交林先、慕法家，变成了他们的爱猫。我到上海，林先、慕法又把白象寄交我，关在一只无锡面筋的笼里，上火车，带回杭州，住在西湖边上的小屋里，变成了我家的爱猫。

白象真是可爱的猫！不但为了它浑身雪白，伟大如象，又为了它的眼睛一黄一蓝，叫作"日月眼"。它从太阳光里走来的时候，瞳孔细得几乎没有，两眼竟像话剧舞台上所装置的两只光色不同的电灯，见者无不惊奇赞叹。收电灯费的人看见了它，几乎忘记拿钞票；查户口的警察看见了它，也暂时不查了。

白象到我家后，慕法、林先常写信来，说段老太太已迁居他处，但常常来他们家访问小白象，目的是探问白象的近况。我的幼女一吟，同情于段老太太的离愁，常常给白象拍照，寄交林先转交段老太太，以慰其相思。同时对于白象，更增爱护。每天一吟读书回家，或她的大姐陈宝教课回家，一坐倒，白象就跳到她们的膝上，老实不客气地睡了。她们不忍拒绝，就坐着不动，向人要茶，要水，要换鞋，要报看。有时工人不在身边，我同老妻就当听差，送茶，送水，送鞋，送报。我们是间接服侍白象。

有一天，白象不见了。我们侦骑四出，遍寻不得。正在担忧，它偕同一只斑花猫，悄悄地回来了，大家惊喜。女工秀英说，这是招贤寺里的雄猫，说过笑起来。经过一个短促的休止符，大家都笑起来。原来它是到和尚寺里去找恋人去了，害得我们急死。

此后斑花猫常来，它也常去，大家不以为奇。我觉得白象更可爱了。因为它不像鲁迅先生的猫，恋爱时在屋顶上怪声怪气，吵得他不能读书写稿，而用长竹竿来打。后来它的肚皮渐渐大起来了。约莫两三个月之后，它的肚皮大得特别，竟像一只白象了。我们用一只旧箱子，把盖拿去，作为它的产床。有一天，它临盆了，一胎五子，三只雪白的，两只斑花的。大家称庆，连忙叫男工樟鸿到岳坟去买新鲜鱼来给它调将。女孩子们天天冲克宁奶粉给它吃。

小猫日长夜大，二星期之后，都会爬动。白象育儿耐苦得很，日夜躺卧，让五个孩子纠缠。它的身体庞大，在五只小猫看来，好比一个丘陵。它们恣意爬上爬下，好像西湖上的游客爬孤山一样。这光景真是好看！

不料有一天，一只小花猫死了。我的幼儿新枚，哭了一场，拿一条美丽牌香烟的匣子，当作棺材，给它成殓，葬在西湖边的草地中。余下的四只，就特别爱惜。我家有七个孩子，三个在外，四个在杭州，他们就把四只小猫分领，各认一只。长女陈宝领了花猫，三女宁馨、幼女一吟、幼儿新枚，各领一只白猫。这就好比乡下人把孩子过房给庙里的菩萨一样，有了"保佑"，"长命富贵"。大约因为他们不是菩萨，不能保佑；过一会儿，一只小白猫又死了。剩下三只，一花二白，都很健康，看看已能吃鱼吃饭，不必全靠吃奶了。白象的母氏劬劳，也渐渐减省。它不必日夜躺着喂奶，可以随时出去散步，或跳到女孩子们的膝上去睡觉了。女孩子们笑它："做了母亲还要别人抱？"它不理，管自睡在人家怀里。

有一天，白象不回来吃中饭。"难道又到和尚寺里去找恋人了？"大家疑问。等到天黑，终于不回来。秀英当夜到寺里去寻，不见。明天，又不回来。问题严重起来，我就写二张海报："寻猫：敝处走失日月眼大白猫一只。如有仁人君子觅得送还，奉酬法币十万元。储款以待，决不食言。××路××号谨启。"过了两天，有邻人来言，"前几天看见一大白猫死在地藏庵与复性书院之间的水沼里，恐怕是你们的。"我们闻耗奔丧，找不到尸体。问地藏庵里的警察，也说不知；又说，大概清道夫取去了。我们回家，大家沉默志哀，接着就讨论它的死因。有的说是它自己失脚落水，有的说是顽童推它下水，莫衷一是。后来新枚来报告，邻家的孩子曾经看见一只大白猫死在水沼上的大柳树根上。后来被人踢到水沼里。孩子不会说诳，此说大约可靠。且我听说，猫不肯死在家里，自知临命终了，必远行至无人处，然后辞世。故此说更觉可靠。我觉得这点"猫性"，颇可赞美。这有壮士风，不愿死户牖下儿女之手中，而情愿战死沙场，马革裹尸。这又有高士风。不愿病死在床上，而情愿遁迹深山，不知所终。总之，白象确已不在"猫间"了！

白象失踪的第二天，林先从上海来杭。一到，先问白象。骤闻噩耗，惊惶失色。因为她原是受了段老太太之托，此番来杭将把白象带回上海，重归旧主的。相差一天，天缘何悭！然而天实为之，谓之何哉。所幸它还有三个遗孤，虽非日月眼，而壮健活泼，足以承继血统。为防损失，特把一匹小花猫寄交我的好友家。其余两匹小白猫，常在我的身边。每逢我架起了脚看报或吃酒的时候，它们爬到我的两只脚上，一高一低，一动一静，别人看见了都要笑。我倒已经习以为常，似觉一坐下来，脚上天生成有两只小猫的。

1947年5月27日于杭州作

（原载1947年5月30日、31日、6月1日《申报·自由谈》）

猫的早餐

老舍

多鼠斋的老鼠并不见得比别家的更多，不过也不比别处的少就是了。前些天，柳条包内，棉袍之上，毛衣之下，又生了一窝。

没法不养只猫子了，虽然明知道一买又要一笔钱，"养"也至少须费些平价米。

花了二百六十元买了只很小很丑的小猫来。我很不放心。单从身长与体重说，厨房中的老一辈的老鼠会一口咬两只这样的小猫的。我们用麻绳把咪咪拴好，不光是怕它跑了，而是怕它不留神碰上老鼠。

我们很怕咪咪会活不成的，它是那么瘦小，而且终日那么团着身哆里哆嗦的。

人是最没办法的动物，而他偏偏爱看不起别的动物，替它们担忧。

吃了几天平价米和煮包谷，咪咪不但没有死，而且欢蹦乱跳的了。它是个乡下猫，在来到我们这里以前，它连米粒与包谷粒大概也没吃过。

我们总觉得有点对不起咪咪——没有鱼或肉给它吃，没有牛奶给它喝。猫是食肉动物，不应当吃素！

可是，这两天，咪咪比我们都要阔绰了；人才真是可怜虫呢！昨天，我起来相当的早，一开门咪咪骄傲地向我叫了一声，右爪按着个已半死的小老鼠。咪咪的旁边，还放着一大一小的两个死蛙——也是咪咪咬死的，而不屑于去吃，大概死蛙的味道不如老鼠的那么香美。

我怔住了，我须戒酒、戒烟、戒茶，甚至要戒荤，而咪咪——会有两只蛙，一只老鼠作早餐！说不定，它还许已先吃过两三个蚱蜢了呢！

（原载1944年9月23日《新民报晚刊》）

猫与小动物

陈光垚

人类中爱动物的，大致要数女子和儿童。女子里面虽然也间或有不大爱动物的人，但一般儿童不爱动物的就很少了。不过动物不能完全都被人类所爱，例如丑污的猪，粗笨的牛，可怕的蛇，可鄙的鼠……这些动物大致都不能得人类的欢心。（如为吃肉或耕田起见，自然猪牛都很受人欢迎，但这已是另一个问题了。）在这里，其实要细说起来，我们人对人属于同类，还不能完全相爱，甚至还要自相残杀，则这一部分动物之不被人所爱，更加不足为怪了。但是，有一部分的动物，却很能为人类所爱，如猫、兔、猴、马、洋狗、海爬狗、八哥、画眉、黄莺、鹦鹉、鸳鸯、孔雀……便是这些动物里面我自己最爱的便是猫（癞猫自然不爱），其次便是聪明的洋狗；但洋狗买价太贵，喂养更不容易，所以我就特别地爱猫——尤其是小猫。

猫的种类，有短毛猫，有长毛猫，但以前者为最普通。猫的毛色，有花白猫、麻猫、黑猫、白猫、黄猫几种，大致花白猫最为可爱，麻猫和黑猫最为肥大，白猫黄猫比较瘦小；但这也只是就大略说，并不是绝对没有例外的。总之，不论猫之为长毛、为短毛、或花白、或麻、或黑、或白、或黄，总要肥胖、活泼、毛色光泽、没有疾病（按猫最易得病或死亡，而小猫尤甚）才可爱；要是瘦猫或病猫，人们且厌恶之不暇，更无所谓爱不爱了。

猫之所以令人喜欢，就体质上说，便是因为它有圆圆的脸子，明媚的眼睛，美丽的胡须，好看的耳朵和鼻子；其次如爪尾等，也都具有美术上的价值。就性情上说，则是因它具有一种活泼好玩的天性，而且富于和人类恋爱的恋爱心。关于前一项，极易明白，不必多说。关于后一项，我们要是能留心一般猫的举动，也就可以证明了。因为它们很喜欢跳跃和扑跌，喜欢将自己捉住的小东西抛在空中，落下来又抛上去地玩耍。如果人们拿一条布带或绳子，在它面前来回地摇荡着，它便扑过来抢又扑过去抢。而且它又会玩耍自己的尾巴，有时候因为要咬自己的尾巴，便在地上连续地打圈子，这不是很活泼好玩么？此外，一切的猫，还喜欢跳在人身上或桌子上，身体紧挨住人地摩擦着，嘴里很和悦地ㄇ一Ｙㄇ一Ｙ地叫着。我们如果拿手去搔它的头部和下颚，或抚摩它的身上，它便在喉中呼娄娄呼娄娄地小叫起来。这两种叫声，我们人类虽然不能断定它究竟是些甚么"猫语"；但说是一种对人的极亲爱的表示，却是毫无疑义的。

总而言之，猫要算是一种艺术兽。它之所以能为人类所喜爱，就因为它是艺术兽的缘故。故由此类推，则凡为人类所爱的动物，虽不能说完全都是艺术化的；但其中的艺术动物，总也不在少数。别的且不说，即以前面说过的丑污的猪和粗笨的牛而论，要是小猪或小牛，人类不但不厌恶它，而且觉得它很可爱。这就因为小猪尚未丑污，小牛也尚未粗笨；而它们自己表现出来的，只是一种天真、活泼、柔嫩、娇小，故遂能为人类所爱。此外如小兔、小猴、小马、小狗、小羊、小骆驼、小老虎、小狮子、小鸡、小鸭、小鹦鹉、小孔雀以及其他的许多小动物，亦莫不如是。世间有许多人，或是因行为卑劣，或是因形态可憎，或是因彼此的性情不相投合，遂为同类的人类所恶；而人类的一部分"爱情"反转移到猫狗和一般小动物的身上去。这也犹之乎猫之恋爱，不全在同类（注），而多在异类的人身上一样。

注：猫与异性的猫，虽然也和其他的动物同样的有生殖作用；但猫的恋爱（或者说性交，下同），实在不如其他的动物恋爱之甜畅。这是从两猫"叫春"时，抓咬的情状和牝猫悲痛的鸣声上可以证明的。（按牡猫生殖器周围生有短刺，两猫性交之所以不自然，不知是否因此？）虽说一般动物的脑筋都很简单，所以它们和异性恋爱，决不会如人类和异性恋爱之甜蜜；但至少一般动物的恋爱，必定没有甚么顾忌或不快之感，这却是和猫大大不相同的。

1930年9月22日

（选自启明学社《独行集》）

地球上不是只有人住

陈祖芬

什么声音？儒岱朝台北街头的一只垃圾箱看去。鸟叫？垃圾箱里有小鸟？儒岱走近一看，垃圾箱里有一只小纸盒，纸盒里有一只——这也叫猫吗？猫还能这么瘦小？也许，母猫生下小猫后觅食去了，一会儿会回来的，等吧！等等吧。儒岱看看表，看看猫。可是，有人倒垃圾来了，弄得小猫满头满脸的土。儒岱推开垃圾，抱起这只被遗弃的小猫。小猫用一只眼睛看着儒岱。他看我，他看我呢！儒岱心里升起一阵阵说不上来的温馨、甜蜜和酸痛。

小猫只有一只眼睛。儒岱把小猫放在左手心里，用右手安抚他，可是小猫皮包骨架的真叫人不忍触摸。儒岱双手捧住他急急回家。

儒岱和妻子倩雯都是教授，除了必然会有的书籍外，家徒四壁，一如他们淡泊宁静的心境。倩雯习惯了两人世界，突然多出一"人"，而且那么丑只有一只眼睛！可是，这么丑的猫要是弃之街上，不会有人收养。好吧！留下吧。

小猫弱得不会吃奶。儒岱只好用滴管喂他。不过小猫聪明过人，倩雯指着一个下水洞喊：猫猫！他就跑那洞口撒尿。只这一次，他就永远记住了他的洗手间。以后他上别处，也非要找到有洞口的地方才"洗手"。倩雯打开水龙头，他会用前爪拉倩雯的手，示意她用手掌接住水给他喝。小猫跳跃起来那么轻、巧、灵，倩雯的视像里用慢镜头分解着小猫的一个个舞姿。人再怎么训练，能跳出这样的舞蹈动作吗？

小猫一天天长大，一身白毛变得光泽美丽，儒岱和倩雯叫他：白白。

这天儒岱在台北街头走过一棵榕树。树下蹿出一只黑猫，围着儒岱的双脚直打转，显然早早地在这里等候他呢。儒岱向前走，黑猫一路跟；儒岱停下看，黑猫打转转。儒岱回到家，黑猫也进家门——黑猫既然认定了跟定了儒岱，就是缘分。

倩雯下班回家，一看已是四口之家，而且又是一只丑猫，黑得不能再黑。你怎么专捡丑猫？

再说，那白白从懂事的时候起，就知道他爸爸儒岱和妈妈倩雯只他一个Baby。黑猫的出现，娇惯了的白白在精神上实在承受不了。他蹿到大衣柜的顶上，不吃不喝不下来。叫儒岱、倩雯心疼得不行。儒岱只好搬来一个梯子，天天爬上梯子给白白送饭、送水。白白看老爸这等辛苦，才怨怨地吃起饭来。但是七天没下柜子。

黑猫刚来时脏得不行，满身蚤子。倩雯让来家里干活的阿妹把他好好洗干净。洗完澡，黑猫摇头摆尾得好生舒服，他想象不出这世上还会有什么比洗澡更舒心更幸福的事了。倩雯不由想，猫和人其实也一样，一只野猫，一直不能洗澡，那么他是怎么熬过来的哟！她抱起黑猫，心疼地叫着小黑，让他在自己腿上睡觉。从此只要倩雯在，小黑就要在她腿上睡。晚上就钻进倩雯的被窝在她脚边睡。倩雯觉得小黑体温冬暖夏凉的，自行调节，和小黑一起睡温度总是正好。

阿妹一周只来三次。阿妹一开门，小黑就一跃而起，用一种好听的、嗲嗲的声音，喵喵叫着在阿妹脚下撒娇。常常倩雯没有听到阿妹开门，但小黑总能听到，哪怕他本来在倩雯腿上睡觉。倩雯想想，她对小黑那么好，可小黑怎么对阿妹那么好呢？后来想到，小黑一来，是阿妹把他洗干净让他像个人样的，小黑就记恩一辈子。后来，十来年了，只要阿妹开门，小黑总是一跃而起地去亲热去撒娇。

小黑为人厚道，这是最叫倩雯喜爱的。有时倩雯和儒岱关起卧室的门说话，就听到小黑在卧室门外喵喵，他想进来又怕吵了儒岱和倩雯，想叫又不敢大声叫，就想法压低了声音沙沙地喵喵。

倩雯教学的那所大学，有一天晚上，一只母猫走到女生宿舍楼，锁定一个女生的房门，举起前爪抓门。那女生把门打开，让进这位不速之客。母猫进屋后巡视一圈，找到一只纸箱，就走进纸箱生下一窝小猫。第二天那女生端起纸箱放到楼梯拐角下，给他们喂食。可是校方有规定，不准养猫。女生端起这只纸盒找到倩雯家，希望倩雯把猫们收留下。倩雯说你看我家已经养两只猫了，不能再养了。说着看那母猫，瘦得不成人样，叫她有什么奶来喂养小猫？女生说，要不老师先养着，她六月一毕业就可以把这一窝猫带走了。倩雯想这很好。就这么办。

六月了，六月过去了，并不见女生来带猫。后来听说那女生是出家了。倩雯不觉慨叹系之，心想女生找她不稀奇，稀奇的是，这只母猫怎么单单挑选这女生，这女生可是有佛心的，这母猫那是有灵性的。

儒岱笑倩雯：你还说我捡猫呢，你一下捡了大小四只，这下我家多了六口人了。两个又给那一家四口起名字。母猫么，就叫妈咪了。一只小猫用儒岱的话来说体形漂亮得不得了，雪白的毛上有两个圆圆的黑斑，就叫圆圆。圆圆会用两只后腿站起来看电视。看一会儿就绕到电视机后看看是怎么回事，然后再立起后腿站着看电视，然后又绕到电视机后想去看个究竟。猫也有好奇心有探索精神。圆圆还喜欢跃到儒岱身上，两只后腿在儒岱的腿上立起，两只前爪搭在儒岱肩上，凑到儒岱脸颊旁这儿舔，那儿舔。儒岱觉得这份爱有点叫他受不了，他对圆圆笑道：好了，好了，好了。

儒岱的院子里，高高的院墙旁有一棵高高的九重葛树，树下一只缸，缸里放着一只纸盒。有一天，儒岱发现缸里有什么声音，一看那纸盒里有一只刚出生的小猫。儒岱抬头一看，一只母猫叼着又一只刚出生的小猫正从高高的树干上下来。这猫怎么能从外边上得那么高的院墙？这只母猫是他们家的，到了男婚女嫁的年龄，自己出门找配偶了。生完孩子就回娘家，一只一只地把儒岱、倩雯的外孙们叼回外婆家。

儒岱和倩雯看着他们的外孙被一只一只地从高高的树上叼到缸里纸盒里，看到母猫这样迫不及待地回娘家，这份感动啊！

儒岱、倩雯正在院子里看他们的小外孙的时候，就见屋顶间的空隙里，突然掉下一只小猫。一定是有野猫找到他们家的屋顶生下小猫然后弃之不管了。或许那野猫知道这里有人会比他更好地照料他的孩子。儒岱捧起那只天上掉下的小猫，那么那么小，可是那么那么漂亮。皮毛是黑色、白色、咖啡色的三色交叉。他们立刻叫他彩彩。他们把彩彩放到那四个小外孙一起，让那母猫喂奶。母猫毕竟是在儒岱、倩雯家长大的，有仁爱之心博爱之精神，把彩彩和自己生的孩子同等对待，一起喂大。

猫们之间一定有语言，有信息传递。这个有高高的九重葛的家，使猫们心向往之。有一只野猫跃上他家的院墙，又从九重葛树上下到缸里那只纸盒里生孩子，生完又越墙而去，把孩子托给了儒岱、倩雯。又有一只野猫到儒岱、倩雯门口觅食。儒岱请他进客厅就座，他谢绝了。因为他野惯了。儒岱、倩雯干脆早晚在门口放一盆食物，野猫到就餐时间就会款款而来。

一天，儒岱听见轻轻的敲门声，他走到玻璃门前一看，是一只陌生的猫。这位陌生人的来访，儒岱明白又是来投奔他家的。他轻轻地打开门，生怕惊吓了来者。猫进来了，在儒岱脚边磨来磨去地激动着：到家了，我可找到家了！

台北，敦化南路一家咖啡店。我和儒岱、倩雯坐着喝咖啡。不知怎么就从我领养着洋娃娃讲到他们领养猫。我就要去他们家看看他们的三十二只猫。那天暴雨。车在雨世界里开着，前方有条狗在雨中奔跑。"它怎么下雨还在乱跑？"儒岱说。我想，如果那是只猫，他恐怕要下车前去把它抱回家了。

我担心他们家的住户再要增加怎么办？儒岱说买美国进口的猫食，里边多种维生素都有了，而且浓缩成各种色彩的饼干。我想，那一定很诱人，很好吃的。不过，儒岱、倩雯的饭食，大体就是用一大锅煮上开水，青菜、胡萝卜、豆腐干的全往里扔，也是多种色彩、多种维生素都有了。我说你们吃的那才是猫食。

他们家是一长排平房。儒岱住右半部，倩雯住左半部，中间有个院子，两边各有一扇纱门通往院子。平时儒岱或倩雯只要走进院子，猫们便蜂拥着奔跑出来，隔着左右两边的纱门，冲着他们喵喵一通叫，猫们堆成一堆地喵喵，孩子们见爸爸妈妈回家这样欢欣鼓舞！

猫们迎接他们归来的欢跃，一下就把家的感觉浓浓地推到他们跟前。猫们喵喵地抒发他们见了亲人的快乐，要是他们的语言能译出来多好！

可是，我一进屋，猫们像见了外星人似的四下奔逃。倩雯说，只要有客人来，他们总是没命地逃跑。因为猫们知道人类对他们不那么好，他们还有个小心眼——怕万一被送给了客人。他们是再不愿离开这个家的。

我看那些猫，有的躲到柜子上，有的藏到旅行箱后，有的躲到椅子上——椅背上搭着衣服，猫就以为我看不到了。有一只猫躲到窗台的竹帘后面，我透过竹帘看个清清楚楚。但他以为逃出了我的视线，即使这样，他一直蹲在那里，一直到我走都没敢动弹。

只有倩雯那床上，团着一只漂亮小猫，不逃。倩雯说，这就是从天上掉下来的那只彩彩。因为它一生下来就在我们家，头两三周她一直睡在我胸上，她把人间看成了天堂。她不相信这世间会有不善，也不懂得恐惧。你看她睡觉的表情多安详，多甜美！

倩雯拿出一叠相本：来，看看我们家猫的影集！你看，这只叫乖乖，它的眼睛本来有病。我给他点眼药，他特别配合。你想，一般小孩都不愿意点眼药的，可是他就乖乖地让你点！一个月他的眼病就好了。你看乖乖这照片多神气！眼睛亮亮地像大将军在巡视！

倩雯说着眼睛睁那么大，闪亮着那么好看的光。我第一次发现倩雯的眼睛又大又光明又传神又动人。她讲激动了，就那么动人地定格在那里了。一个人，升腾起爱的光辉的时候，多美！

倩雯翻着猫的影集：你看这白白，多雍容，像我们的守护神。不过他的性格很孤傲，不合群。猫也是一只一个性格。一开始他们不能共处，后来他们自己协调。你看这是虎妹和虎哥，多好看啊！

这么说着，倩雯突然黯淡了。她说虎哥虎妹情深义笃。那天倩雯用摩托车带着虎哥去结扎。正是假日，很多人出门游玩，汽车、摩托车响成一片。倩雯遇上车祸，倩雯没伤着，虎哥遇难了。倩雯悲痛地回到家，虎妹躲在厨房不出来。本来，虎妹一定会跳跃着迎上来的。但是，她没有看到她哥哥，她一下就明白她已经永远失去了哥哥。她伤心地躲在厨房一动不动，只有泪水在滚动。倩雯用面巾纸给虎妹擦泪水，把虎妹抱上床，让她跟自己睡。小黑跟倩雯睡惯了，认为倩雯是他的，可是虎妹也认为倩雯是她的。两人对峙，互相吹气。倩雯劝慰小黑，安抚虎妹，让虎妹和自己睡了三年，慢慢抚平了她的伤痛。

倩雯是教授，还要做饭，还要侍奉猫。我问，你们各养几只？说是儒岱养十八只，倩雯养十四只。倩雯不无忧虑地说，有五只又该结扎了，可是儒岱还舍不得，人当然要慈悲，但一定要有智慧。如果猫再增加，一旦照顾不周又有哪只猫出什么事了，"我没有办法接受猫的意外！"

小黑也结扎了。倩雯说小黑就是厚道，结扎了也很有母爱，老带着一只不是她生的小猫，还给小猫吃奶。虽然她其实没有奶。那小猫知道小黑没奶，也吸，觉得在小黑怀里特别有安全感。猫和人一样，小猫就是要吃奶，大猫就什么都吃了。

白白、小黑和妈咪一家四口，都能听懂人话。让去书房就去书房，让去客厅就去客厅。白白生性聪颖，进来之前会敲门，就是自以为是元老，高人一等，不屑于和芸芸众猫来往。猫和人一样，妒忌、生气、恐惧、忧虑，知冷知热会爱

会恨，会撒娇会调皮，只是不会用语言和人交流。但是一点
一滴猫都在告诉我们：地球上不光是有人住。

　　附注
　　本来写及猫应该用"它"字，但写这篇文字的时
候，我自己也不知怎的都用了"他"或"她"，而且不
愿改过来。请读者谅解了。

（原载2001年9月6日上海《文汇报·笔会》）

养猫捕鼠

邓拓

《谈谈养狗》的短文刚发表，有一位同志就提醒我：狗和猫应该并提。人类养猫狗有同样的历史，它们都是有益的动物，如果房子里有老鼠，就更会想到养猫。所以，养狗、养猫无妨一起谈谈。

此话有理。我们要彻底消除四害，老鼠是四害之一，为了彻底消灭它，养猫也有不小的作用。只是一篇短文不容易把养狗和养猫两件事都说清楚，还是分开来谈比较好。现在就专讲养猫吧。

养猫的目的主要是为了捕鼠。记得宋代黄庭坚写过一首《乞猫》的七绝，原诗如下：

秋来鼠辈欺猫去，倒箧翻床搅夜眠。

闻道狸奴将数子，买鱼穿柳聘衔蝉。

大概当时黄山谷家里的老鼠闹得很凶，竟然倒箧翻床，搅得他夜里总睡不好。其原因就在于他那一阵子不养猫了。他原先养过一只猫，老鼠在他家里不能活动，他每个晚上都睡得很稳。这就使他麻痹大意了，以为根本没有老鼠，养不养猫关系不大，于是就决定不再养猫。没想到，猫一去，老鼠就闹起来了。这一下子把他弄得好苦，到处打听，知道别人家养的猫快要生小猫，就赶紧准备，打算再抱一只来养。

我自己也有这样的经验。前几年，同院有好几只猫，加上除四害运动中掏窝灭鼠，效果很好，从那以后，久已不闻鼠患。近来我们的院子里，大家都不养猫，也没有继续用其他办法灭鼠，因此，老鼠又开始活动了。最近有一次，我们发现大小老鼠，鱼贯穿行于室内，公然示威，可谓嚣张已极。现在我也很希望能够打听到谁家的猫快要生产，好准备去讨一只小猫。

我想只要继续积极灭鼠，再养一只猫，鼠患就一定可以迅速消除。但是，到那时候又要注意，千万不可再抹杀猫儿的功绩，而嫌它"尸位素餐"了。记得宋代的林逋也写过一

首《猫儿》诗，他说：

> 纤钩时得小溪鱼，饱卧花阴兴有余。
>
> 自是鼠嫌贫不到，莫惭尸素在吾庐。

林和靖似乎以为老鼠不到他家里，是因为他家里穷，而不直接承认这是猫儿捕鼠的功劳，这也许是写诗的时候故作波澜之笔，并非真意。但是，他看到猫儿吃饱了就在花荫中一躺，无所事事，却并不责怪，这恰恰表明他确实懂得了养猫的作用。我们如果养猫，也应该采取这样的态度。

明代的文徵明曾经派人从朋友家里抱来一只小猫，他写了一首律诗，题曰《乞猫》，原诗写道：

> 珍重从君乞小狸，女郎先已办氍毹。
>
> 自缘夜榻思高枕，端要山斋护旧书。
>
> 遣聘自将盐裹箬，策勋莫道食无鱼。
>
> 花阴满地春堪戏，正是蚕眠二月余。

此诗表明了一个地地道道的文人对于养猫所抱的态度。

他的希望只是夜间能够高枕而眠，自己心爱的图书卷轴不至于被老鼠咬坏，如此而已。虽然他没有买鱼喂猫，但是，这并非表示他对猫儿捕鼠的功绩估计不足。我们现在喂猫，也不必都要有鱼。喂得太好了，它反倒不一定努力捕鼠，如果饿了它，更会使它努力捕鼠，这是一般人都有的经验。

在农村中，许多农民养猫的目的，当然又有所不同。农民们知道，猫儿对于保护农田作物是有积极作用的。特别是田鼠多的地方，不养猫要想消灭田鼠，几乎没有什么好办法。

据说，猫之所以得名，就因为它能够捕捉田鼠，保护禾苗。宋代陆佃的《埤雅》中，解释猫字的意义，说：

鼠善害苗，而猫能捕鼠，去苗之害，故猫之字从苗。诗曰：有猫有虎。猫食田鼠，虎食田豕，故诗以誉韩奕。记曰：迎猫为其食田鼠也，迎虎为其食田豕也。

明代李时珍总结各家的解释，写道：

猫，苗、茅二音，其名自呼。陆佃云：鼠害苗而猫捕之，故字从苗。礼记所谓迎猫为其食田鼠也，亦通。

格古论云：一名乌圆；或谓蒙贵即猫，非矣。

可见在农村中提倡养猫，具有特殊重要意义，因为田鼠偷吃粮食和传染疾疫，比家鼠有过之无不及。而这些鼠类繁殖力都非常强盛。据统计，家鼠牝牡一对，四年之间能繁殖一百七十六万三千四百头；田鼠牝牡一对，四年之间能繁殖一亿一千六百八十二万七千九百二十头。这又证明，无论在农村或城市，消灭鼠害始终是一个重大的任务，随时都要抓紧，不可放松。

照上面所说的理由，我们完全可以肯定养猫捕鼠是有必要的。因为我们大家日常忙于生产和工作，不可能经常捕捉老鼠，放毒药、设机关又有副作用，都不如养猫捕鼠比较切实有效。

（原载1962年7月22日《北京晚报》）

第二章

猫的可爱，可说是群众意见

可知猫是男女老幼一切人民大家喜爱的动物。猫的可爱，可说是群众意见。而实际上，如上所述，猫的确能化岑寂为热闹，变枯燥为生趣，转懊恼为欢笑；能助人亲善，教人团结，即使不捕老鼠，也有功于人生。

阿咪

丰子恺

　　阿咪者，小白猫也。十五年前我曾为大白猫"白象"写文，白象死后又曾养一黄猫，并未为它写文。最近来了这阿咪，似觉非写不可了。盖在黄猫时代我早有所感，想再度替猫写照。但念此种文章，无益于世道人心，不写也罢。黄猫短命而死之后，写文之念遂消。直至最近，友人送了我这阿咪，此念复萌，不可遏止。率尔命笔，也顾不得世道人心了。

　　阿咪之父是中国猫，之母是外国猫。故阿咪毛甚长，有似兔子。想是秉承母教之故，态度异常活泼，除睡觉外，竟无片刻静止。地上倘有一物，便是它的游戏伴侣，百玩不厌。人倘理睬它一下，它就用姿态动作代替言语，和你大打交道。此时你即使有要事在身，也只得暂时撇开，与它应酬

一下；即使有懊恼在心，也自会忘怀一切，笑逐颜开。哭的孩子看见了阿咪，会破涕为笑呢。

我家平日只有四个大人和半个小孩。半个小孩者，便是我女儿的干女儿，住在隔壁，每星期三天宿在家里，四天宿在这里，但白天总是上学。因此，我家白昼往往岑寂，写作的埋头写作，做家务的专心家务，肃静无声，有时竟像修道院。自从来了阿咪，家中忽然热闹了。厨房里常有保姆的话声或骂声，其对象便是阿咪。室中常有陌生的笑谈声，是送信人或邮递员在欣赏阿咪。来客之中，送信人及邮递员最是枯燥，往往交了信件就走，绝少开口谈话。自从家里有了阿咪，这些客人亲昵得多了，常常因猫而问长问短，有说有笑，送出了信件还是流连不忍遽去。

访客之中，有的也很枯燥无味。他们是为公事或私事或礼貌而来的，谈话有的规矩严肃，有的啰唆疙瘩，有的虚空无聊，谈完了天气之后只得默守冷场。然而自从来了阿咪，我们的谈话有了插曲，有了调节，主客都舒畅了。有一个为正经而来的客人，正在侃侃而谈之时，看见阿咪姗姗而来，注意力便被吸引，不能再谈下去，甚至我问他也不回答了。又有一个客人向我叙述一件颇伤脑筋之事，谈话冗长曲折，连听者也很吃力。谈至中途，阿咪蹦跳而来，无端地仰卧在我面前了。这客人正在愤慨之际，忽然转怒为喜，停止发言，赞道："这猫很有趣！"便欣赏它，抚弄它，获得了片时的休息与调节。有一个客人带了个孩子来，我们谈话，孩子不感兴味，在旁枯坐。我家此时没有小主人可陪小客人，我正抱歉，忽然阿咪从沙发下钻出，抱住了我的脚。于是大小客人共同欣赏阿咪，三人就团结一气了。后来我应酬大客人，阿咪替我招待小客人，我这主人就放心了。原来小朋友最爱猫，和它厮伴半天，也不厌倦，甚至被它抓出了血也情愿。因为他们有一共通性：活泼好动。女孩子更喜欢猫，逗它玩它，抱它喂它，劳而不怨。因为她们也有个共通性：娇痴亲昵。

　　写到这里，我回想起已故的黄猫来了，这猫名"猫伯伯"。在我们故乡，伯伯不一定是尊称。我们称鬼为"鬼伯伯"，称贼为"贼伯伯"。故猫也不妨称为"猫伯伯"。大约对于特殊而引人注目的人物，都可讥讽地称之为伯伯。这猫的确是特殊而引人注目的。我的女儿最喜欢它。有时她正在写稿，忽然猫伯伯跳上书桌来，面对着她，端端正正地坐在稿纸上了。她不忍驱逐，就放下了笔，和它玩耍一会。有时它竟盘拢身体，就在稿纸上睡觉了，身体仿佛一堆牛粪，正好装满了一张稿纸。有一天，来了一位难得光临的贵客。我正襟危坐，专心应对，"久仰久仰""岂敢岂敢"，有似演剧。忽然猫伯伯跳上矮桌来，嗅嗅贵客的衣袖。我觉得太唐突，想赶走它。贵客却抚它的背，极口称赞："这猫真好！"话头转向了猫，紧张的演剧就变成了和乐的闲谈。后来我把猫伯伯抱开，放在地上，希望它去了，好让我们演完这一幕。岂知过得不久，忽然猫伯伯跳到沙发背后，迅速地爬上贵客的背脊，端端正正地坐在他的后颈上了！这贵客身体魁梧奇伟，背脊颇有些驼，坐着喝茶时，猫伯伯看来是个小山坡，爬上去很不吃力。此时我但见贵客的天官赐福的面孔上方，露出一个威风凛凛的猫头，画出来真好看呢！我以主人口气呵斥猫伯伯的无礼，一面起身捉猫。但贵客摇手阻止，把头低下，使山坡平坦些，让猫伯伯坐得舒服。如此甚好，我也何必做煞风景的主人呢？于是主客关系亲密起来，交情深入了一步。

可知猫是男女老幼一切人民大家喜爱的动物。猫的可爱，可说是群众意见。而实际上，如上所述，猫的确能化岑寂为热闹，变枯燥为生趣，转懊恼为欢笑；能助人亲善，教人团结，即使不捕老鼠，也有功于人生。那么我今为猫写照，恐是未可厚非之事吧？猫伯伯行年四岁，短命而死。这阿咪青春尚只三个月，希望它长寿健康，像我老家的老猫一样，活到十八岁。这老猫是我的父亲的爱物。父亲晚酌时，它总是端坐在酒壶边。父亲常常摘些豆腐干喂它。六十年前之事，今犹历历在目呢。

1962年仲夏于上海作

（原载1962年8月《上海文学》第35期）

我们底猫

靳以

在寂静的生活之中，偶然地跳进了一只猫来，便想着养它下来，使这所冷清的房子有点活泼之气也好。那是一只才生下三四个月的猫（自然这点知识也是我们那个仆人告诉我们的），长了杂色的毛，比了其他的猫要长些也柔软些。我们虽然没有像在一本*Where The Blue Begins*的书中，为那作者Christopher Morley所描写的那个单身男人吉星，那份热心于在路旁拾来的几只小狗的情况；可是我们也是用着我们的时候与精神来为它张罗。才来的时候它是有着一副可怜相，胆怯地躲在一旁，又是那么瘦，像一尾狐狸。想用手去摸摸的时节，却又一溜烟似的跑了。

但是这点陌生在两三天之后便消失了，它除开了傍在火炉边醋睡之外，有的时候是跑着跳着，把窗台上放着的杯子还翻碎了两只。有的时候我们在调弄它，它就如意地跳着；时常我们没有那闲暇，它却跳上了书桌，用它的鼻子来顶着正在书写的笔；也许还要卧下来，在纸上或是书上。

友人林，喜欢它比我更甚，于是它就更会在他的身边厮缠，跳在他的身上，或是钻进他的抽屉里。

在它最感觉兴趣的，怕就是蹲在窗台上，把头伸在窗帘之外，隔了玻璃看看窗外的景物——那里正有两只肥猪一样的小狗在互咬着，翻着筋斗呢！它却是悠然地望了，它知道它们不能来加害它。

近来它是更活泼了，它能跳上屏风，跳上衣架，还能爬到座灯的上面。在我们吃饭的时候，它也能一下就蹿上食桌。它叫着，虽然仆人为它调好了猪肝和饭，它也不去吃。它有了更多的欲望。一直到我们吃过了，仆人把残菜都拿走了，它才悄悄地走去吃着为它备好的食物。

住了一月半之后，它也是胖了起来，毛色也比从前更像样一些；可是变成更狡猾一点了。有的时候我们的手上就会有着一条浅浅的伤痕，追想着呢，定然是在戏弄它的时候为它抓着了。有多少人说过在家畜中，猫是最无情的，想着跑来的时候，只是点肝拌饭，就使它安然地住了下来，便想到这种说法不尽然是无据的了。

我们总想着它有逃走的一日，到了它真是跑开了的那一天，我们也许不会感到不安了吧。

（选自1937年商务印书馆《渡家》）

养猫

冰心

林斤澜同志来信叫我谈养猫，但我并没有养猫。

咪咪是我的小女儿吴青养的。不过在选猫时我参加了意见。

当三只小猫都抱过来放在我的书桌上时，我一眼就看上它！它一身雪白，只有一条黑尾巴和背上的两块黑点。

我说：这猫的毛色有名堂，叫作"鞭打绣球"。我女儿高兴地笑了说：那就要它吧。一面把它的姐妹送走了。

后来夏衍同志给我看一本关于猫的书，上面说白猫有一条黑尾巴，身上有黑点的，叫作"挂印拖枪"。这说法似乎更堂皇一些。

我自己行动不便，咪咪的喂养和调理，都由我的小女儿吴青和她的爱人陈恕来做。他们亲昵地称它为"我们的小儿子"。特别是吴青，一下班回来，进门就问：我的小儿子呢？

他们天天给它买鱼拌饭吃，有时还加上胡萝卜丝之类的蔬菜。天天早上还带它下楼去吃一点青草。还常常给它洗澡。咪咪的毛很长，洗完用大毛巾擦完，还得用吹风机吹干，洗一次澡总得用半天工夫。

咪咪当然对它的爸爸妈妈更亲热一些，当他们备课时，它就蜷伏在他们的怀里或书桌上，但当它爸爸妈妈上班的时候，它也会跑到我的屋里，在我床尾叠起的被子上，闻来闻去，然后就躺在上面睡觉，有时会跳上我的照满阳光的书桌上，滚来滚去，还仰卧着用前爪来逗我。

只有在晚上大家看电视时，只要吴青把它往我怀里一推，它就会乖乖地蜷成一团，一声不响地睡着，直到它妈妈来把它抱走。

咪咪还有点"人来疯"，它特别喜欢客人，客人来了，它总在桌上的茶杯和点心之间走来走去。客人要和我合影时，陈恕也总爱把它摆在我们中间。因此咪咪的相片，比我们家第三代的孩子都多！

咪咪现在四岁多了。听说猫的寿命一般可以活到十五六岁。我想它会比我活得长久。

1988年10月28日阳光满室之晨

（原载1989年《东方纪事》第2期）

咪咪和客人之间

冰心

　　我的宠猫咪咪是十分好客的。每逢有客人来，它就跳上书桌，坐在我和客人之间，这位客人若也是养猫的主儿，咪咪也闻得出来，就和她（他）特别亲热。养猫的主儿，知道怎样使猫舒服，她（他）除了抚摩它的背外，还会挠它的脖子，咪咪就陶醉地一直钻到她（他）怀里去！

　　我的爱猫的朋友夏衍，还从猫书里给咪咪找出一个比"鞭打绣球"更堂皇的称号，是"挂印拖枪"，说它身上的黑点是"印"，黑尾巴是"枪"。最近又有一位客人，忘了是谁，他说："咪咪的形象毛色，应该说是'雪中送炭'。"这样，对于我，简直有恩施的意味。总之，咪咪是越来越神气了。

　　每逢客来，总有留影，于是每一张相片上都有咪咪，我的相簿里，几乎全是咪咪。不但此也，我的朋友们知道我爱白猫，于是送我的挂历、台历和贺年、贺生日的卡片上，都是白猫，有的卡片上的猫还有白毛！我的屋里几乎是白猫的世界。

最近，舒乙编了一本《冰心近作集》，在作家出版社出版，封面上除了玫瑰花，还有咪咪的画像。我的女儿吴青说："这本书的稿酬，应该归咪咪！"

咪咪是吴青从我的朋友宋蜀华、黄浦家抱来的。她说"咪咪是一九八四年二月四日生的。"

1991年7月3日清晨

（选自1995年10月宁夏人民出版社《世纪的回音》）

猫的故事

许君远

我平生爱猫，到四川三年却不曾有机会养猫，原因之一是此地猫种不够繁衍，必须花好多钱去买，买了又必须用绳索系牢，如果让它自由行动，随时都有被人偷去的危险，伤财怄气，最犯不上。原因之二是妻不喜欢猫（大女儿抱来一条小狗，大遭妈妈呵斥，成天价以米贵为理由，不肯让它吃饱），倘使把它"请"到家来，只得由我一个人照顾，鱼肉最不易买，而这种消费也不在妻的正常开支以内。

童年在故乡，总是饲养着这种依在身边的小动物，夏天看着它生儿女，在葡萄架底下歪着身子喂奶，心里异常舒服。冬天把它偎在被窝里睡觉，看着它四脚朝天，听着它呜呜地念佛，真是绝好的催眠曲。尤其在北国乡间的雪夜（除了新年，卧室内不生煤火），伴着祖母坐在炕头上听祖父讲故事，抚着猫的脊背，沙沙地闪出火星，宛然置身天堂福地，那种安慰唯有哥伦布到了新大陆可与之比伦。

寿命最长的是一头全身乌黑金黄眼睛的母猫，她留下了四五代子孙，颜色却由黄"虎狸"蜕化成黑"虎狸"，由母亲的短脸变成它们所有的那一条长白的鼻子。短脸猫的确比长鼻子猫好看，乌黑油亮也的确比驳色媚人。那只老猫大概活到我七八岁上，在一个麦秋时节失踪，很可能地是被三叔家的恶狗咬死，祖母却说老猫都要回到山里成仙，我对那个神话很发生过一个长时期的幻想。

虽然她的子孙不"肖"，一只黑"虎狸"猫（大概是她的外孙女吧？）却给我留下不可磨灭的印象。它比祖母个子小，比她驯顺，最特别的便是我下学归来总是躲在大门背后迎接，每天上学要送我出了巷。（其实这种送，给了我很大的麻烦，因为怕它遭了毒手，我必须抱它回家，关好大门，重新跑路。）完全像一只哈巴狗，在心理上却觉得比狗好玩。

离开乡下去北平读书，满眼含着泪水，一面是因为舍不开终年抚爱我的祖母，另一面却在担心小猫失去照拂。冬天父亲由家乡返回北平，我首先问到我的恩物，他告诉我被狗咬死，我止不住眼泪簌簌，父亲嗔我不问祖母健康，反而先问动物的安全。后来过年回家，他笑着传播这个故事，惹得老人一起解颐，说"这个孩子长大了一定多情"（这句话注定了我半生的命运）。

北平是一个养猫的好环境，然而也许因为年龄大了，不能专心于"业余消遣"，十数年间不曾养过一只可人意的小猫。女主人不能加意维护，女佣人们自然不肯多费心思。不到半年跑了，另换新的，换来换去也就换厌了，对猫的兴趣大为减少。这一个时期我颇信西谚 Dog attaches to person，cat attaches to places（狗随人猫随地方）的真理，于是我就试着养狗。在养狗的阶段曾经从朋友地方索到一只毛色美丽的大花猫，关在卧室里喂了两天。那时我还不知道用绳索捆起的办法，它颇有"终老是乡"的意思，突然Romy（我那只大狼狗）闯了进去，花猫愤怒地穿窗而出，一去而不返。

在上海养过一只最有灵性的猫。一天它突然跑到我的楼上书房，等到发现走错了地方，已经为时太迟，孩子们早把房门关上。它非常惊慌局促：眼睛睁得很大，前脚弯着，后脚蹲着，尾巴在地上扑打摇摆，嘴里还有怒狠狠的声音。

一个有养猫经验的人对它的表情并不感到稀奇，装作不注意那一回事，一面安抚住孩子们，不许她们走近，一面放一块肉让它尝尝，肉是吃了，不过还是不能宁静，一会逃到书桌里，任你引诱呼唤也不肯出头。于是我便把食物送到抽屉口上，不再打扰它的自由。这样两天过去，它居然成为我们家庭的附属，除了去厨房排泄（那事引起女佣人千百次的怨言），不轻易下楼一步。而且我在哪里，它要追到哪里，我在沙发上睡，它便伏在沙发背上，我在书桌上读书，它便卧在字典旁边，夜里睡在我的脚头，需要下楼便喵喵两声，由我替它开门。这还不算，它最能知道我晚上下班的时间，汽车喇叭一响，它便跳到地上叫喊，有时女佣人听不到声音，还是它的喊叫把她唤醒。妻不爱猫狗，但对于"大咪"（那只猫的专名）的美德也愿意广为宣扬，到过我家的客人，谁都知道这一段催女佣人开门的故事。

我单身离沪赴港，没有把"大咪"带到南国的理由，然而我总是写信问，总是托妻照顾它的生活。家人过港，我吩咐把它带走，下船却只有三个孩子，没看到那个黑"虎狸"白肚皮的动物。事后问起她们，才知道我离沪不久，"大咪"也就失踪，据说又回到它的旧主人那里，妻怕我伤心，写信不肯提起，不过在她叙述经过的时候，我却不能掩抑我的悲怀，宛然是丧失一个好朋友的滋味。而这次颇给了我养猫的新经验，cat attaches to places 并不见得完全正确的。

香港也够上耗子为灾（其情形也许仅次于重庆），猫却不是什么珍品，养猫的风气也不兴盛。一次大女孩从街上抱到家里一只又脏又丑不足满月的乳猫，居然养它长大，但是从罗便臣道迁往跑马地不久，它便另外找到比我家更为安适的地方了。这件事对我没有什么感觉，孩子却痛哭一场。妻说大孩子肖父不肖母，爱猫狗的特性也跟我。每次这样说，我总是得意地笑，因为如果像二女儿那样对猫狗毫无爱惜，我家以后将永无家畜的踪影了，那是多么单调可怕的景象！

爱猫狗是同情心丰富的表现，像我这样一个平凡的人，不会有什么优良的品德传于儿女，因而对于大女儿的肖父特性，觉得非常值得安慰了。

（原载1944年7月31日《东方杂志》）

爱猫
周瘦鹃

　　猫是一种最驯良的家畜，也是家庭中一种绝妙的点缀品，旧时闺中人引为良伴，不单是用以捕鼠而已。我家原有一头玳瑁猫，已畜有三年之久，善捕鼠，并不偷食，便溺也有定处，所以一家上下都爱它。不料后来却变了，整天懒得动弹，常在灶上打盹，见了东西就偷去吃，便溺也不再认定一处，并且常把脚爪乱抓地毯和椅垫，使我非常痛恨，但也无可奈何。不料一天早上，却发现它死在园子里了，也不知道它是怎么死的。幸而它已生下了两头小猫，总算没有绝嗣，差无后顾之虑。我们送掉了一头，留下了一头，毛片火黄夹着深黑色，腹部和四脚都作白色，比它母亲生得更美丽，也可算得是移人尤物了。

　　吾国文人墨客，大都爱猫，因此诗词中常有咏叹之作。

清代词人钱葆酚调寄《雪狮儿》咏猫，遍征词友和韵，名家如朱竹垞、吴谷人、厉樊榭等都有和作；朱氏三阕，雅韵欲流，可称狸奴知己。其一云：

> 吴盐几两，聘取狸奴，浴蚕时候。锦带无痕，搦絮堆绵生就。诗人黄九，也不惜买鱼穿柳。偏爱住戎葵石畔，牡丹花后。
>
> 午梦初回晴昼，敛双睛乍竖，困眠还又。惊起藤墩，子母相持良久。鹦哥来否？惹几度春闺停绣。重帘逗，便请炉边叉手。

其二云：

> 胜酥入雪，谁向人前，不仁呼汝？永日重阶，恒把子来潜数。痴儿骏女，且莫漫彩丝牵住。一任却食鱼捕雀，顾蜂窥鼠。
>
> 百尺红墙能度，问檀郎谢媛，春眠何处？金缕鞋边，惯是双瞳偏注。玉人回步，须听取殷勤分付。空房暮，但唤衔蝉休误。

又陈其年《垂丝钓》一云：

房栊潇洒，狸奴嬉戏檐下。睡熟蝶裙儿，皱绡衩。梅已谢，撒粉英一把。将伊惹。正风光艳冶。

寻春逐队，小楼窜响鸳瓦。花娇柳姹，向画廊眠藉。低撼轻红架，鹦鹉怕唤玉郎悄打。

董舜民《玉团儿》云：

深闺驯绕闲时节，卧花茵，香团白雪。爪住湘裙，回身欲捕，绣成双蝶。

春来更惹人怜惜，怪无端鱼羹虚设。暗响金铃，乱翻鸳瓦，把人抛撇。

刘醇甫《临江仙》云：

绣倦春闺谁伴取？红氍日暖成堆。炉边叉手任相猜。金猊从唤住，玉虎罢牵回。

　　刚是牡丹开到午，亭阴尽好徘徊。几番移梦下妆台。买鱼穿柳去。戏蝶踏花来。

　　清词丽句，足为狸奴生色。

　　不但我国文人爱猫，就是西方文坛名流，也有好多人都有猫癖的；如法国文豪雨果（V. Hugo），要是不见他的爱猫在房间里时，心中就会郁郁不乐，若有所失。小说家柯贝（F. Coppee），更如痴如醉地爱着猫，连年搜罗名种，不遗余力，有几头波斯种的，名贵非常。小说家戈蒂埃（Gautier），也豢养着好多头猫，无一不爱，都给它们题了东方式的名儿，如茶比德、左培玛等；有一头雌猫，用埃及女王克丽巴德兰的名儿称呼它；另有一头最美的，生着红鼻蓝眼，平日最为钟爱，不论到哪里去，总带着同行，他称之为西菲尔太太，原来西菲尔是他自己的名儿，简直当它像爱妻般看待了。英国文坛上，也有位爱猫的名流，如小说家兼诗人司各特（W. Scott），本来是爱狗成癖而并不爱猫的，到了晚年，却来了个转变，对于猫引起极大的好感。他曾在文章中写着："我在年龄上最大的进步，就是发现我爱着一头猫；这畜生本来是我所憎恶的。"诗人考伯

（Cowper）每在家里时，他所爱的一头小猫总是厮守在他的身旁，他曾写信给朋友说："这是蒙着猫皮的一头最灵敏的畜生。"其他如约翰生（O. Johnson）、白朗（O. M. Brown）、华尔泊（H. Walpole）诸名作家，也都是有名的爱猫者，平日间是与猫为友，非猫不欢的。

首都名画家曹克家同志，是一位画猫的专家，在他彩笔上产生出来的大猫小猫，不论形态神情，都好像是活的一样。一九六一年间，他在苏州待了好几个月，给刺绣工场画了不少的猫，也收了几个高徒。我们只要看了双面绣绣出来的那些活灵活现的猫，就可知道这是曹克家画笔上的产物，而过渡到"针神"们的金针上去的。

（选自1983年6月上海文化出版社《拈花集》）

作家与猫

黎烈文

　　猫是最通人性的动物之一，无论是雌的或雄的，都喜依偎在你身边，讨人怜爱。文人爱猫的指不胜屈，而法国文学家对猫似乎特别有感情：去年才以八十一岁高龄逝世的名小说家哥勒特（Colette，1873—1954），就是一位有名的爱猫家。不过她是一位女性作家，爱怜小动物原是女子的天性，也许不足为例。但近代男性作家中爱猫而形诸笔墨者也俯拾即是：譬如写过一篇寓言小说《猫的天国》的左拉，若不是平日对猫有着深深的喜爱和细微的观察，决不会对于一匹追求自由而终于失败了的猫有着那么多的同情，并给它写出那样好的一篇自白。比左拉成名稍后的另一位小说家和社会批评家佛朗士，对猫也有着高度的温情和友谊。随手从他的全集里抽出一本题名《波纳尔之罪》（*Le Crime* de Sylvestre Bonnard）的小说集来说吧：在《木柴》（*La Bucbe*）一篇中，佛朗士一开头便写出一匹名叫亚米迦的公猫，睡在书房的火炉旁和主人做伴，而孤寂的主人——一位年老的书呆子，简直把它当作朋友一般地和它说着话。这位书呆子不是别人，乃是佛朗士自己。而在另一篇《贞妮·亚历山大》（*Jeanne Alexandre*）里面，佛朗士描写养女贞妮由街上捡回一只被人虐待的小猫的情形，如果作者本身不是一个爱猫的人，也绝写不出一个那样爱猫并因而使她自己显得更加可爱的少女。

但是爱猫的作家虽多，大都不过像上面所举的两位一样，间或在作品里面流露出对猫的情谊，至于肯拿几万字来替自己的爱猫作传并居然成为最出色的散文的，除毕尔·罗逖（Pierré Loti）以外，恐怕再难找出第二人。

罗逖是大家知道的小说《冰岛渔夫》的作者。他有一种特别锐敏的感受性，最擅长描写那些虚无缥缈不可捉摸的事物，天末云霞，海上风雨，热带的黄昏，北极的长昼，一到他的笔下，无不有声有色，气象万千。本来没有生命的物象，他都给它吹嘘上生命，像猫那样聪明有情的动物，自然更易触动他的灵感，使他体察入微，窥见一般人所窥见不到的奥秘——动物的内心活动。他在《双猫传》（*Vies de deux chattes*）里，不仅使我们看到几个爱猫者的可爱的心，同时也使我们看到两只受人爱怜的猫的神秘的灵魂。

收在散文集《死与悲悯之书》（*Lelivre de la Pitié et de ta Mort*）中的《双猫传》，约占八十余面，译成中文大概有四万字。罗逖在这里谈着他家里蓄养的两只猫，其中一只是当罗逖离家后，住在他家里和他母亲做伴的姨母克莱所收养的；这是一只雪白、滚圆、逗人喜爱的法国母猫。另一只是当罗逖服务海军，他的军舰泊在渤海湾内中国的某一海港时，不知何时从中国小船逃往军舰，窜到他房内藏着，因而被他收养并带回法国老家的；这是一只瘦瘦而又丑陋的中国猫。因为曾在军舰的斗室内伴着罗逖度过许多海上的寒夜，安慰了他的寂寞与孤独，罗逖对它似乎更多几分偏爱，所以他在《双猫传》中把这中国猫写得格外动人。例如罗逖初在他的房内发现那只中国猫，叫人喂它食物时，猫的疑惧和感激；第二天，罗逖想要把它逐走时，猫的乞怜和留恋；以及在有着冷雾的凄凉的海上，猫和人渐渐发生感情，初次跃到罗逖膝上以前的一番踌躇和试探等等，使人读了简直要怀疑那小小的头脑内是不是也有着和人一样的思考。此外他写中国猫刚被带到他的老家时，见嫉于原有的法国猫，在厨房内发生了一次恶战，但一经罗逊亲自干预，在法国猫面前表露了对中国猫的宠爱，那通人性的法国猫便知道这中国猫已是他们家庭的一分子，是一位永远无法逐走的"外宾"，从此容忍相处，不再争斗，而隔不多久，彼此竟成了亲密的伴侣。罗逊在这里简直写出了那两只小动物的心理转变过程，而这是需要最精密的观察和最熟练的艺术手腕的。又当罗逊度假家居，和他的母亲与姨母寒夜围炉，享受天伦之乐时，那两只温驯而又淘气的猫，常常扮演着小小的喜剧角色，使那寂寞的家庭平添许多生趣。在这种场面，罗逊不单写出了人对猫的爱怜、猫对人的了解，也附带写出了他的母亲姨母之间的更加深挚感人的骨肉之爱。古老的起居室中，一片慈和，一片温暖，真使读者悠然神往！

后来这两只猫几乎同时感染到一种怪疾：起初是那中国猫仿佛患了怀乡病似的显得郁郁不乐，老是躲在墙上不肯下来饮食，任怎么呼喊也只回答人们以凄惶的眼色和衰弱的鸣声；不久那法国猫也跟着消瘦萎靡起来。虽然请了兽医来给它们诊治，但既说不出什么道理，也没有什么良方，而两只猫却渐渐地陷入昏迷之境。这种依附于人的小动物也许有一种自爱的本能吧，它们不是惯于爬掘泥土掩盖自己的秽物吗？这时它们大概感到自己不行了，却不愿让那些爱它们的人看到它们弥留时的挣扎，中国猫首先突然失踪了，也许是躲到一个不易被人发现的角落去悄悄地咽了它最后一口呼吸吧，总之，它是一去不返了；另一只法国猫也是多少天不进饮食，奄奄一息之余，忽然不见了。大家以为它也和那中国猫一样从此不再转来了，可是过了三天，罗逊的姨母克莱正在那初夏的充满着花香鸟语的庭院里面散步时，却意外发现那只白色母猫像幽灵般地回来了，它瘦弱、肮脏，已经去死不远。是什么动机和力量驱使它回来的呢？也许是被这家人养得太久，在最后一刻钟失去了独自悄悄死去的勇气，还想回来看看它的旧居，看看那些亲爱的人们吧。于是这只猫便死在家中，死后并被埋在庭院的一株树下。罗逊因为自己每次远游时，这只猫是他母亲和姨母的唯一伴侣，唯一安慰，猫的命运仿佛已和两老的命运联结在一块，因此这猫的死也仿佛是两老的终期的开始。他对于猫的小小的难以理解的灵魂的消逝，固然觉得惋惜，而更加使他怅憾无已的，是随着猫的遗骸一同埋入土中的养猫人们自己的十年生命！

罗逊凭着回忆来写这篇《双猫传》时，已经结婚生子，他曾在标题下面，加注一行说：这篇文章是预备他儿子萨姆尔能够阅读时，为他而写的。罗逊的意思想必是要从小教他的儿子以爱人爱猫之道。其实有着赤子之心的小孩对于这种文章似还不甚需要，而且像罗逊那样高雅的散文也绝非小儿所能欣赏理解；倒是一班爱心淡薄的成人们，读读这种文章也许多少会有一点好处呢。

（选自1995年10月浙江文艺出版社《黎烈文散文精编》）

猫

徐蔚南

　　偶尔在一本杂志里，翻到了波纳尔（P.Bonnard）所画的一幅猫，觉得很欢喜。因为这幅画委实画得不差。一匹坐着的胖胖的猫，只用着寥寥十几笔来描绘，却描绘得惟妙惟肖，活泼泼地！那一对锐利的眼睛，多么美丽，怎样魅惑人的！还有那几根胡须，刚健而威严，真正漂亮呢。猫的精神，猫的情态，表现到这般淋漓尽致，谁都见了，谁都要赞一声："好画！"

　　猫的可爱，猫的特点，原来就在它柔媚里带着点神气活现的骄傲，骄傲里有点使人舍不得的柔媚，所以莫泊桑甚至要把猫来比可爱的女人了。他说：

　　　　那种娇媚的、温柔的、眼睛里很有光芒的女人……

她们为要在爱情上摩擦，于是来选择我们的男子。当她们呈开双臂，预备拥抱的时候，走近她们身边去好了。当我们拥抱她们时，嘴唇早已预备给人家去亲了，当我们尝着肉的欢乐，尝着她们精细的娇媚的时候，心便突突地跳，仿佛我们抱着一匹雌猫，一匹具有锐利的牙齿的雌猫，一匹不忠不义的，假仁假义的，热情的，仇敌的雌猫。假使她们疲倦于逸乐了，她们就会咬你抓你呢。（见拙译《法国名家小说集〈猫〉》。）

莫泊桑这种刻毒的笔锋，这种以猫来比女人的思想，很受波德莱尔（Ch. Baudelaire）影响的。波德莱尔在《恶之花》里描写的诗，有一首莫泊桑已经引用在他这篇小品的最后，另有两首，却没有引用。现在把莫泊桑所未引用的、波德莱尔的另一首描写猫的诗，译述其大意如下，以资和莫泊桑的文章相比较：

可爱的猫，到我恋爱的心旁来吧，

你的脚爪且替我缩了进去，

让我飞进你的美丽的眸子里——

你的金属与玛瑙相混成的眸子里。

我的指头缓缓地抚摸你的头

抚摸着你自在的背部的时候，

我的手触着那电气般的你的身体

而醉在那快感之里的时候，

我想起我的亡妻，她的眼光，

可爱的猫，正像你的眼光，

深奥的、冰冷的、投枪般地刺死人。

自头顶至足尖

微妙的空气危险的熏香

漂浮在她褐色身体的四周。

　　波德莱尔在另一首写猫的诗里，称赞猫的喵呜喵呜声中含有魔力与秘密，像媚药一般的，使他欢乐。他又赞美猫的皮毛，猫的眼睛；认之为妖精，甚至认之为天神。波德莱尔真是猫的知己呵！所以替他作传的戈蒂埃（Gautier）说他道："他自身就是淫逸的猫。"

"爪尔嶙峋踞，睛谁仔细看""一尾丁蛮屈，双睛午细描"这种描写猫脚爪、猫眼睛、猫尾巴的诗句，和波德莱尔的诗一比自然觉得是浮面的了。中国却有一首描写猫叫的好诗，就是志明和尚所作《牛山四十屁》中的一首，《履园丛话》曾经引用：

> 春叫猫儿猫叫春，
>
> 听他越叫越精神，
>
> 老僧亦有猫儿意，
>
> 不敢人前叫一声。

住在乡下的人，到腊尽春回的时候，时时可以听见猫叫的声音，忽而近，忽而远，忽而狂唤，忽而高叫，真是"听他越叫越精神"。老僧的静默，把猫叫来的春意，春叫来的猫精神愈显得十分浓厚，这真是一首绝妙的诗。似宋君春舫曾以之译成法文了。

我们把猫眼睛来看时刻这件事波德莱尔倒也知道；他的有名的《散文诗》中有一首叫作《钟》（*L'horloge*）的，就是说我们中国人用猫眼睛看时刻的事情。

猫在法国寓言诗人拉风歹纳的诗里被描写得很多，但都描写得不很高尚。有一只猫叫拉米那骍老皮的，是一只隐世的道猫。它是一个慈悲者，它是畜牲中的一位圣人，它具有很伟大的智慧，善于审判的。有一天，黄鼠和野兔子争住宅，闹个不休，便去请这匹道猫来审判。原告被告都到案了，慈悲为怀的法官便问它们道："小子们站近前来，我年纪大了，耳朵有些不便当。"原告被告毫不迟疑，果然站近法官面前去了。谁知道那奸诈伪善的猫，突然跳起来抓住它们，一先一后把它们都吃了下去。这一段故事就是拉风歹纳寓言里描写猫的一首。

我们还记得有名的童话作家班洛（Perrault）写过一篇《穿木靴的猫》（*Le chat botté*），写得很有趣的。那篇故事是这样：

从前有个穷人死了，遗产的分配是如此：驴子一匹，归大儿所有；磨子一架，归次子所有；猫一头，归三郎所有。

三郎想：做小儿子的真倒霉，遗产只得着头猫。大哥二哥倒可以联合起来，用着驴子和磨子，开一家磨坊。我只有头猫，杀它来吃了之后，至多把它的皮来做个冬天的袖手筒。他正在自言自语的时候，站在旁边的猫竟开起口来了，说道："小主人，你不要慌张，不要愁穷。我来替你想法子。"三郎听见猫会想法子，自然欢喜到极点，非常爱好那匹猫了。后来猫又说道："主人我替你到树林里去打猎；只是林中荆棘丛生，我走进去时恐怕脚要触破，你给我去办双木靴来，让我穿在脚上。"

主人果然替猫做一双木靴。猫于是穿了木靴到林中去打猎了。猫常常打了野兔子来给主人，猫又把兔子去送给一个邻近的国王，说是侯爵卡拉排送呈的礼物。国王很欢喜。后来猫又想了种种巧计，使他的主人娶得那个国王的最美丽的女儿，并且做国王，它自己做大臣。

东西洋各国的文学者描写猫的散文，真不少。写得很美妙的，像陆蒂（Loti）在那 *Le livre de la Pitié et de la Mort* 里所写的中国摩摩得太太（猫名），又像戈蒂埃在 *La Nature Chez elle* 里所写的丹洼飞勒夫人（猫名）都能使人爱读。但把猫的懒惰、聪明，很有趣地很巧妙写出来的，我却以为法兰西（Anatole France）在 *Le Crime de Sylvestre Bonnard* 里所写的哈米尔伽最动人的了：

　　我将我的园椅和活动的小圆桌推近炉边，并且取得哈米尔伽所愿意让给我的地位。脑袋靠在柴架边而身躯伏在一个鸭绒垫子上的哈米尔伽，正屈成圆形睡着，它的鼻子藏在它的腿子之间。一阵停匀的呼吸，将它那厚而细的毛巾，微微托起，我走到它跟前时，它从它那半开的眼睑中，用它那和玛瑙一般的眼球向我瞧了一下，一面默想道："没有什么事，这是我的朋友。"便立刻将眼睛闭下了。

　　——哈米尔伽！我伸足前进时向它说道，哈米尔伽，书城中好睡的王子，守夜的将军！你给这些由老博学用尽铢积寸累的金钱和自强不息的毅力之代价所得的抄本和印刷品，担任防卫害虫毒蚀的责任。你在这一座被你用武德所看守的藏书室中，哈米尔伽，你尽管用土耳其皇后的懒惰态度睡觉吧！因为在你的身份上，你将鞑靼战士的骇人外表和近东妇人的古拙丰仪合而为一了。英勇的哈米尔伽，你尽管睡下而等候老鼠在月光之下，博学的孛冷台史德等人所写的《圣僧传》之前跳舞的时候吧。

　　这篇演说的开始颇合哈米尔伽的意思，它用它那像水锅微鸣一般的喉管微响着。和这演说相应和，但是我的声音渐渐高了，哈米尔伽垂耳蹙额——它那斑纹的顶额——瞧着我仿佛说这样的高声宣言是不合理的。并且它想象：

——这个书呆子发一些毫无内容的议论，可是我的保姆，却只向我说那充满了意义，充满了事实的语言，或者报告饮食，或者报告鞭挞。人都懂得她所说的。但是这老头儿却将毫无意义的声音集合在一块儿。（依李青崖译本，唯略事增减。）

法兰西不愧是个才智纵横富于幽默的大作家，他会用一个老头儿的口吻，描写出猫的情态来，而且描写到这样冷静，分外使人感到猫的可爱了。可惜我寓里现在没有猫，家里也没有猫！

（选自上海世界书局《春之花》）

小猫的拜访

韦素园

是一个暴风雨的晚上，一位大学生走进我的病房。

这时候住院的只有两个人：他与我。他病很轻，我此时却不能起床。屋外异常阴黑，雷闪交作着猛急的雨水，从高山流下，打着这山中病房的墙脚，好像要将打塌毁似的。难言的寂寞啊！

——你怕鬼吗？——突然他说。

我当时一笑。

——你知道，在你住房西边，有一个坟场，一座坟，五间看房。但这屋子这几乎是不住人了。——他说到这里，停了一停向我略略看了一下。——几年前，一个冬天，那里面曾住了一个男子和一个中年妇人，但过了一夜，他们便不再起来了。以后有一个老头和小孩也是这样死在那里的。有人说是被煤烟熏毁的，但这里乡下人却都相信有鬼。

我刚听完这些话，不知为什么立刻满身大麻，脸上现出了不愉快的神情。

——你怕鬼吗？——他也现出不安似的说。

——是。——我这样回答。

——唉唉，实在不该告诉你这些话。——他说着，一面起身告别。

外面依然是风、雷、闪电以及那笼罩四野的阴黑。

一连几夜我都失眠，心神不安。

我病得很重，我常常想，这鬼的事自然不可靠，然而几个死者，却无论如何是真实的了，我感觉到自身快和他们接近。

我很想活着，因而我很苦恼。

一个阴黑的晚上，又是雨天了。

灯熄后，我脸向外，迎着南窗子睡下，我老是想，唉唉，有个"东西"要从背后进到我屋里来了。

我越想越害怕，身子越向被里缩。

最后果然听到有极微的声音：嗒嗒……

我这时心中真害怕，连动也不敢一动。

"咚！"——这个东西竟来到我床上了。我盖的是夹被，隔被触到它，哦，哦，我明白了，这原来是医院里的小猫，不知它是怎么进来的？也许门没有关好。

我伸出手来抚摸着它，心里高兴极了。

我感觉到，在这个小小的病室里，此刻是有了两个生命了。

——猫！你在这山间也寂寞吗？

它不作一声，紧伏床边，连续地打呼。

唉唉，外面的雨仍然在下。

我抚摸着它，我感觉我的生命在这黑夜里是这样暗暗地消去。

（选自1985年7月安徽文艺出版社《韦素园选集》）

第三章

猫原来就是美的凝聚体

　　老人笑了，告诉我有三十六位亲戚或朋友同事学生排着队挂着号，全盯着他的小猫崽！我，排在第三十七号。

　　如果按照中国人排队的良好秩序，我可能要到一九九〇年以后才能得到一只小波斯猫。这实在令人沮丧。

猫（节选）

老舍

　　猫的性格实在有些古怪。说它老实吧，它的确有时候很乖。它会找个暖和地方，成天睡大觉，无忧无虑，什么事也不过问。可是，赶到它决定要出去玩玩，就会出走一天一夜，任凭谁怎么呼唤，它也不肯回来。说它贪玩吧，的确是呀，要不怎么会一天一夜不回家呢？可是，及至它听到点老鼠的响动啊，它又多么尽职，闭息凝视，一连就是几个钟头，非把老鼠等出来不拉倒！

　　它要是高兴，能比谁都温柔可亲：用身子蹭你的腿，把脖儿伸出来要求给抓痒，或是在你写稿子的时候，跳上桌来，在纸上踩印几朵小梅花。它还会丰富多腔地叫唤，长短不同，粗细各异，变化多端，力避单调。在不叫的时候，它还会咕噜咕噜地给自己解闷。这可都凭它的高兴。它若是不高兴啊，无论谁说多少好话，它一声也不出，连半个小梅花也不肯印在稿纸上！它倔强得很！

是，猫的确是倔强。看吧，大马戏团里什么狮子、老虎、大象、狗熊，甚至于笨驴，都能表演一些玩艺儿，可是谁见过耍猫呢？（昨天才听说：苏联的某马戏团里确有耍猫的，我当然还没亲眼见过。）

这种小动物确是古怪。不管你多么善待它，它也不肯跟着你上街去逛逛。它什么都怕，总想藏起来。可是它又那么勇猛，不要说见着小虫和老鼠，就是遇上蛇也敢斗一斗。它的嘴往往被蜂儿或蝎子螫的肿起来。

赶到猫儿们一讲起恋爱来，那就闹得一条街的人们都不能安睡。它们的叫声是那么尖锐刺耳，使人觉得世界上若是没有猫啊，一定会更平静一些。

可是，及至女猫生下两三个棉花团似的小猫啊，你又不恨它了。它是那么尽责地看护儿女，连上房兜兜风也不肯去了。

郎猫可不那么负责，它丝毫不关心儿女。它或睡大觉，或上屋去乱叫，有机会就和邻居们打一架，身上的毛儿滚成了毡，满脸横七竖八都是伤痕，看起来实在不大体面。好在它没有照镜子的习惯，依然昂首阔步，大喊大叫，它匆忙地吃两口东西，就又去挑战开打。有时候，它两天两夜不回家，可是当你以为它可能已经远走高飞了，它却瘸着腿大败而归，直入厨房要东西吃。

过了满月的小猫们真是可爱，腿脚还不甚稳，可是已经学会淘气。妈妈的尾巴，一根鸡毛，都是它们的好玩具，耍上没结没完。一玩起来，它们不知要摔多少跟头，但是跌倒即马上起来，再跑再跌。它们的头撞在门上，桌腿上，和彼此的头上。撞疼了也不哭。

它们的胆子越来越大，逐渐开辟新的游戏场所。它们到院子里来了。院中的花草可遭了殃。它们在花盆里摔跤，抱着花枝打秋千，所过之处，枝折花落。你不肯责打它们，它们是那么生气勃勃，天真可爱呀。可是，你也爱花。这个矛盾就不易处理。

现在，还有新的问题呢：老鼠已差不多都被消灭了，猫还有什么用处呢？而且，猫既吃不着老鼠，就会想办法去偷捉鸡雏或小鸭什么的开开斋。这难道不是问题么？

在我的朋友里颇有些位爱猫的。不知他们注意到这些问题没有？记得二十年前在重庆住着的时候，那里的猫很珍贵，须花钱去买。在当时，那里的老鼠是那么猖狂，小猫反倒须放在笼子里养着，以免被老鼠吃掉。据说，目前在重庆已很不容易见到老鼠。那么，那里的猫呢？是不是已经不放在笼子里，还是根本不养猫了呢？这须打听一下，以备参考。

（原载1959年8月《新观察》第16期）

猫

周而复

对于动物我是无所谓好恶的。我不曾爱过一个动物，我也不曾恨过一个动物，生活在连自己几乎也顾不周全的时候，哪儿有优裕的闲暇，去管动物的好恶呢？家里从前纵然养过什么动物，于我是毫不发生关系，对于家中所养的小动物们，向来我是很漠视的。可是有一层，我也不曾伤害过什么动物。

漠视动物的心情，这次回家却给一只玲珑的小猫夺去了。回家的第二天晚上，由外边回来以后，很奇怪的，是好像有谁在跟着我一阵走，我走到东，仿佛它也跟到东；我走到西，仿佛它也跟到西；一步步跟着我走，像我的影子跟着我走一样。要是我坐下来，它也坐下来。它正坐在我的两只脚中间，悠然地坐着，那种神情就如陶醉在爱人的怀抱里一样的温柔，绵羊一样的驯服，那软软的细毛紧贴在我的足边。我在家里是常把袜子脱去的，它的毛就轻轻地依在我的足胫边，怪痒的。我低下头来出神地一看：就是我所猜想的那只黑白色的小猫。

它一身有着雪似的白毛，在雪似的白毛中间，夹着数块黑色的细毛，黑白相间，白的就越白，而黑的越发显得黑了。身上只有三块椭圆形的黑色，脸是一半儿白，一半儿黑，像是脸上罩了一个鬼脸似的，在黑白各半的脸中间，闪着两颗小电灯泡似的眼睛，见我低下头去望它，它也一个劲地盯着我。躺在地上的一条全黑尾巴，悠然自得地摇摆着，嘴张得很大，露出几颗嫩白的小齿，像刀尖似的，咪咪地叫喊着，那几茎细鱼骨头似的白胡须，傲傲地动着。

从椅子上我立了起来，然后蹲下去，它仍然不动地在我的足胫旁，任我尽情地抚弄，从它的头上，我一直按抚到它的尾巴。它一声不响地仍旧坐在地下，迷途的羔羊似的掉转过头来望着我，蓦地给它细鱼骨头似的白胡须碰了我的腿，我残酷地拧起它的头皮，它的脸对着我的脸，好像它也晓得它自己的错，忧郁地望着我，仿佛希望我原谅它的行为一样。忏悔我的恶行，它是一个很小的动物，哪里能知道那细鱼骨头似的白胡须，刺了我的腿呢？拧起头皮来责罚它，似乎是太不应该了。而它恰也像一个无告的孤儿似的，那么可怜地望着我，我知道那是在求我怜宥。我后悔不应该那么残酷，为了这一点小事，为什么我有了这样的恶行呢？

连忙我松了手，怜惜地抚着曾被我拧着的头皮，按着它的头不让它走。在它面前，我忏悔，欺一个弱小无助的小猫。

一松手，它一溜烟地跑掉了。跑得那么轻快，那么欢乐，似是一只刚出笼子的小鸟，离开了我的手，它遨游在无涯的天空。跑了没多远，它又停下来，身子伏在地上，远远地望着我，又有点儿怕我，可是又不忍就离开我。

伏在地上没一会儿，一个劲地又跑到我的面前来，比前次距离是略为远了一些，两脚抵住前头，身子往前头冲，尾巴在后面翘了起来，一根棒子似的，它目不转瞬地瞅着我：咪喔，咪喔，一声又一声地叫着——像是一员披着全副武装的战士，抖擞精神地向我挑战。

我默默地望着它。

忽然它又走到我面前来，还没等我去抓着它，它又咪喔咪喔地跑走了。它一忽儿跑来，一忽儿跑去。慢慢地我知道了，它并不是如我所猜想的来报复，而实在是天真地逗着我陪它玩。慢慢地又立在我的旁边了，毫不畏惧地站在我的旁边。

在我看书的时候，它又来了。我贯注在书本上的精神，为它而四散了。望着它那么天真可爱的神情，我一股怒气，无影无形地溜走了。低下头去，我又抚摩着它，它依在母亲怀里般让我抚摩。

我在家里，它老是至交似的跟着我。因为家里别人看见它这样，有时会骂它打它的。在家里，我是它最知己的朋友。

没事同家里人谈到这小猫，后来才知道它是一个有家不能回的流浪儿，刚生下来没多久，就给我母亲从它母亲的怀抱带到家里。在我母亲看来，以为对它是很好了；然而它在我们家里，不管我们待它如何如何的好，在它总以为不愉快，反而多一些烦恼。如果它能够知道我家人过得和和好好，它不晓得更要如何地抑郁哩。

在一个人生逢不幸的时候，是最能博得人们的同情的，是最能使人爱护的，而它自己也会常常依着人们的。它一步不离地跟着我，拿我当它流浪在外面的一个知己。可是我也时常度着它现在所度着的生活，所以它的情境我是最明白的，比任何人了解它还要来得深。

它现在还很小，上屋子自然谈不上，就是爬桌子，也感到困难的。只要我在家，它是常常靠在我的足边。对于动物，尤其是猫，如今引起了我同情的注意了，偶尔坐在窗前看一点书，听见屋子上一声咪喔，下意识地仰起头来，我以为小猫能上屋子；然而不是的，是另外一只狸花猫。我的小猫，却在我的脚边睡熟了。

1935年8月29日　南京

〔选自2004年5月文化艺术出版社
《散文·札记》（上部）〕

小猫

孙福熙

（萤火之一）

没有走进卫夫人家门口。一只猫迎出来了。我很认识。这是ㄇㄧㄇㄧ，不过它不像去年的孩子气，而且它已有两个小孩带领在后面，非是去年所有的。

我很清楚地记得，当去年我第一次到这里来时，卫夫人家有两只小猫，一只黑的叫ㄈㄢㄈㄢ，一只就是ㄇㄧㄇㄧ。两只同样的活泼而且时常相互追赶的。

ㄇㄧㄇㄧ是灰色而有虎斑的，背部深灰，渐下渐淡，直至腹部是洁白的。鼻与口上也是白的，只有鼻尖上一点桃红，当ㄈㄢㄈㄢ走近它来时，它常用这鼻尖去嗅的。清秀的胡须张在微笑的口外，真的，我屡屡地看到它有少女的微笑。然而每当屋檐有麻雀飞来时，它就放下与ㄈㄢㄈㄢ的游嬉，立刻轻步跳到屋外，张大眼睛，昂着头，向屋角眺望。它的毛全竖起的了，所以身体非常之大，而粗大的尾巴一起一伏地波动。有一天，它坐在一块悬空的界石上，不知它怎样地跳上去的。石头很窄，不比它的屁股大，它却从容地坐着，尾巴蟠过来，一直包住一只前脚，而一只脚上下前后地摸在头上洗脸。卫夫人叫我来看，后来许多人在看它，我还画了它的略形。它的勇武而且活泼都在我的眼前。

现在它是有两个小孩了。它对我十分地表示认识我的样子，柔和地叫着走近来，它该是在道一年的长别并且介绍给我它的孩子们。我俯下去轻柔地抚它，它更亲切地叫。两只小猫跟了母亲走过来，当我伸手想抚它们的时候，它们都逃避开去，不让我触着。虽然那时它们的母亲尽管驯服地叫，我十分的相信，这是它在告诉它的女儿，要它们不必怕，我是不会害它们的。

当我走进室内时，它带领了它们也走进来了！

一天之后，我就变成这两只小猫的熟客了。它们让我抚弄而且毫无躲避地让我观察它们相互游嬉。

它们中一只的毛色完全与母亲的相同。据卫夫人对邻人说，它一定是个妹妹，问她是什么缘故，她说，"你看它的面孔较尖就可知道了。"我也相信，因为它的身材较那一只为秀丽，而行为又较细致，它的哥哥呢，眼中发出光芒，身体也要比它高一分，而相打的时候总是恃强的。它的毛色白上铺黑，就是我们称为乌云盖雪的。它大概是像我不曾见过的它的父亲的。

它们整天的有叫声：高兴的时候，两者相打的叫声；饿了，讨食的叫声；吃饱了，想睡的叫声；睡醒了，照例是怨恨谁使它们睡或使它们醒似的非叫不可的；一些都没有什么的时候，它们看了母亲太安静了，连头连脚地投到母亲怀里，含了乳头地叫。小猫是"ㄏㄧㄠㄏㄧㄠ"地叫，母猫呢，"ㄍㄨ……ㄇㄧㄠ"地叫，大概是在申斥它们，然而结果还是安慰它们的。

我听了它们的叫声实在想说出来：我是烦扰极了，然而每当到外面散步时，似乎觉得它们的叫声于我是不可少的了。

这两个小猫儿常常相打，因为相打时混在一起，我不易记清，所以暗暗地在心中给它们起了名字，大的叫得云儿，小的有虎纹的是纹姑。

有一天，纹姑被云儿打倒了，脚向上地在叫，云儿一见母亲走近来，立刻放下就跑，而娇小的纹姑"随手"拖住母亲腹下的乳就喝，没有注意，竟忘记放下倒向天上的几只脚。它的哥哥见它喝奶，妒忌了，连忙跑回来争夺；它的母亲看了小女孩因被侮而喝奶以求补偿，可怜又可爱，所以不知不觉地流露出它的感情，转动起尾巴来了。云儿见了立即扑过来，它忘记了来争爱的原意，一家快活地过去。

同居在一室中的小狗ㄉㄧㄉㄧ也是我的老友，它的身材虽小而年龄是不小的了，然而它还保持它的孩气：卫夫人放汤在地上，它走来一尝，每回汤中只有面包与蔬菜的时候，它立刻停吃走开了，卫夫人照例去开门而且假装去叫邻家的狗的样子说"ㄅㄚㄊㄛ来吃，反直ㄉㄧㄉㄧ不要吃。"于是它起劲地吃，一直到一些都没有余剩了为止。

这样的ㄉㄧㄉㄧ看见猫的母子的相爱岂有不动心的。然而它没有母亲爱它，也没有子女可爱。当它想亲近拢去的时候，小猫们怕着逃避，母猫钉了眼睛预备作战了，于是它关上心门缓缓地踱开了。

卫夫人家还有两只海猪，也养在这室内的。所谓猪者，还没有小兔的大，尖嘴，高背脊与润泽的毛都很像兔，不过耳朵并不长，与鼠是差不多的。

它们虽小却很能捕鼠，它们只啮死老鼠而不如猫的捉来吃的，捉鼠比猫更能干，所以人家要养它。

它们白天也走出来，从这橱底下跑出来，似乎不肯让人看见的，立刻跑到别的橱底下。它们两只不肯分离片刻，所以这样像乱箭地出来时也是先后跟随的。偶然两者不在近处了，它们各各尖利地叫喊，到了相遇的时候，它们还有一阵相互安慰的叫声哩。

在它们飞剑似的出来的路中被小猫看见，快活的小猫虽然也胆小，刺起全身的毛，身子缩在脚后面，想留难它们。然而海猪们是永不站住的，它们想一想自己是失了母亲的小孩，所以巴不得早些逃过了。

小猫最喜欢母亲带它们到院中来，当它们第一次到露天中来的时候，看到红红的光芒必定是惊奇的，它们细而垂直的眸子中深刻新鲜的这大世界的印象。要是它们知道：对面又高又大可怕得很的大堆就叫得猫山，他们不知将何等快活哩！

有一次，纹姑见到阶前的水盆，就放口去饮了。口还未到水盆，看见盆中似乎是它哥哥近来同它斗嘴，它高兴而又急了，它永远竖起的尾巴一上一下地跳动起来时，它吓着，以为盆中的猫是在它后面了，于是急忙仰头而且转过来，只见一片干的牵牛花叶，因它的尾巴的拨动而发出声音。它十分高兴地与这片叶戏弄了。

它们每天每一分钟有种种新鲜的或故旧的游嬉，一直到了太阳去睡觉时为止，它们才肯闭上眼睛在母亲旁边睡觉。

我凝想，我代小猫们珍惜它们的时间。去年的ПⅠПⅠ同它们是一样的，现在，一变而贤良到如此，以前是竖起的尾巴好像已经开放的花朵的俯下，好像满缀果实的树枝的倒挂了。小猫们到了明年也将如ПⅠПⅠ的贤良而且领了它们的小孩来介绍给我，只要我自己没有什么变化好了。

Madame Vicard很爱猫，虽然许多人因此讥笑他。我哪里敢算是懂猫的，但因他的爱好而引起我对于猫的观察，不仅使我的感觉锐敏了些，而且引起我对于猫的同情。我很感谢Madame Vicard。

（选自1925年11月23日《语丝》第54期）

我的猫

袁寒云

　　内人志君，平生最欢喜猫。她在平湖，带了一个来，名叫黑迷。非常玲珑，天天睡在我旁边，有时睡着还要枕了我的手臂。每逢我同内人有点不适意，总要伏在我们面前，对着我们呆呆地望着，好像极其可怜我们的病苦，替我们难过似的。我们就每因它这种感动，病也格外好得快些。后来，忽然走失，竟一去不回。不但内人心里难受，我尤其不快，比失了什么珍宝都要痛惜。至今想起，心中还有点隐隐作痛呢！现在三个猫中，以大桃子最为调皮。它每每拿黄老虎作耍。它看黄老虎安稳睡在那里，它就冷不防，走到它身后用足了力，两足并起，左右开弓，去打那黄老虎。黄老虎又惊又痛，立地一跳，直吽吽地叫。那桃子却开心得头摇尾摆，似得胜一般；它更假痴假呆的，在地上蹲蹲，在近边物件上倚倚靠靠，等那黄老虎一个不在意，它又冷不防的，向前一纵，拍的一击，又把黄老虎打得横纵直跳，它却闲闲地寻乐去了。有时黄老虎被它打急了，反回头去打它，它倒躲得无影无踪了。那小桃子最忠厚，每逢大桃子同黄老虎相斗，它总在旁边叫来叫去，好像劝和似的。然而劝的只管劝，打的仍是打。不过它们的相打，却是假的，等到打完了，仍旧你抱着我，我倚着你，和好得了不得。不像人们一说打，就永世成仇了啊。

（原载1922年大东书局《半月》第2卷第1号）

一个诗人

徐志摩

　　我的猫，她是美丽与壮健的化身，今夜坐对着新生的发珠光的炉火，似乎在讶异这温暖的来处的神奇。我想她是倦了的，但她还不舍得就此窝下去闭上眼睡，真可爱是这一旺的红艳。她蹲在她的后腿上，两支前腿静穆地站着，像是古希腊庙楹前的石柱，微昂着头，露出一片纯白的胸膛，像是西伯利亚的雪野。她有时也低头去舐她的毛片，她那小红舌灵动得如同一剪火焰。但过了好多时她还是壮直地坐望着火。我不知道她在想些什么，但我想，她这时候至少，决不在想她早上的一碟奶，或是暗房里的耗子，也决不会想到屋顶上去作浪漫的巡游，因为春时已经不在。我敢说，我不迟疑地替她说，她是在全神地看，在欣赏，在惊奇这室内新来的奇妙——火的光在她的眼里闪动，热在她的身上流布，如同一个诗人在静观一个秋林的晚照。我的猫，这一晌至少，是一个诗人，一个纯粹的诗人。

（原载1930年6月《声色》创刊号）

猫

汪曾祺

我不喜欢猫。

我的祖父有一只大黑猫。这只猫很老了，老得懒得动，整天在屋里趴着。

从这只老猫我知道猫的一些习性：

猫念经。猫不知道为什么整天"念经"，整天呜噜呜噜不停。这呜噜呜噜的声音不知是从哪里发出来的，怎么发出来的。不是从喉咙里，像是从肚子里发出的。呜噜呜噜……真是奇怪。别的动物没有这样不停地念经的。

猫洗脸。我小时洗脸很马虎，我的继母说我是猫洗脸。猫为什么要"洗脸"呢？

猫盖屎。北京人把做了见不得人的事想遮掩而又遮不住，叫"猫盖屎"。猫怎么知道拉了屎要盖起来的？谁教给它的？——母猫，猫的妈？

我的大伯父养了十几只猫。比较名贵的是玳瑁猫——有白、黄、黑色的斑块。如是狮子猫，即更名贵。其他的猫也都有品，如"铁棒打三桃"——白猫黑尾，身有三块桃形的黑斑；"雪里拖枪"；黑猫、白猫、黄猫、狸猫……

我觉得不论叫什么名堂的猫，都不好看。

只有一次，在昆明，我看见过一只非常好看的小猫。

这家姓陈，是广东人。我有个同乡，姓朱，在轮船上结识了她们，母亲和女儿，攀谈起来。我这同乡爱和漂亮女人来往。她的女儿上小学了。女儿很喜欢我，爱跟我玩。母亲有一次在金碧路遇见我们，邀我们上她家喝咖啡。我们去了。这位母亲已经过了三十岁了，人很漂亮，身材高高的，腿很长。她看人眼睛眯眯的，有一种恍恍惚惚的成熟的美。她斜靠在长沙发的靠枕上，神态有点慵懒。在她脚边不远的地方，有一个绣墩，绣墩上一个墨绿色软缎圆垫上卧着一只小白猫。这猫真小，连头带尾只有五六寸，雪白的，白得像一团新雪。这猫也是懒懒的，不时睁开蓝眼睛顾盼一下，就又闭上了。屋里有一盆很大的素心兰，开得正好。好看的女人、小白猫、兰花的香味，这一切是一个梦境。

猫的最大的劣迹是交配时大张旗鼓地嚎叫。有的地方叫作"猫叫春"，北京谓之"闹猫"。不知道是由于快感或痛感，郎猫女猫（这是北京人的说法，一般地方都叫公猫、母猫）一递一声，叫起来没完，其声凄厉，实在讨厌。鲁迅"仇猫"，良有以也。有一老和尚为其叫声所扰，以至不能入定，乃作诗一首。诗曰：

> 春叫猫儿猫叫春，
>
> 看他越叫越来神。
>
> 老僧亦有猫儿意，
>
> 不敢人前叫一声。

（原载1998年8月北京师范大学出版社
《汪曾祺全集》第六卷）

波斯猫

高洪波

最早听说波斯猫，是在十五年前的云南军营。向我叙述这一奇异猫种的人，当时正以一名步兵团普通士兵身份在篮球场驰骋。高高的，懒懒的。后来突然成了国际影坛的风云人物。他是《黄土地》的导演，也是《大阅兵》《孩子王》的导演陈凯歌。

我们好像倚在球场边的草地上，头上是亚热带温煦的阳光，脚下的午餐肉罐头、杨林酒，以及一堆军人服务社独一无二的硬饼干。按当时我们的经济水准，这是一顿豪华的士兵野餐。

酒被胡乱地吞下去，话也多了起来。我们回忆起北京的日子，浑然有天长地远，浩杳无垠的惆怅。凯歌不知怎么，突然谈起了波斯猫。

"那猫，一只眼珠黄，一只眼珠蓝，在晚上还会变成一对红宝石，浑身雪也似的白。绝！美！"他说道。

他说，我听。心里感到被一只奇妙之极的猫所搔痒着，又觉得那猫眼定定地盯着自己脑门，望出一堆胡思乱想来。

凯歌聊这波斯猫时，似有万斛愁绪无法宣泄。我觉得他像在谈一个美丽的女孩子。酒再往下喝，我终于明白了，这波斯猫确是曾被他恋过的一个女孩子饲养，而后呢，自然"此恨绵绵无绝期"了。

二十岁刚出头的我们，卧在军营的草地上，就这样怀念着、想象着一头不相关的波斯猫。波斯猫离我们的确太遥远了，它是都市生活，有闲阶级的象征，也是回忆的一种定格。对我来说，它更像一篇童话。

我从没想到过在以后的岁月里自己会拥有一只波斯猫。不，应该说是六只。

北京的老作家韩作黎，答应为我的一本书作序，条件是常去和他手谈——下象棋。作黎老人家中养有一群波斯猫。一对猫夫妻，五只猫娃娃。在我们摆开阵势时，总有一只活泼好学的小家伙大咧咧地爬上棋盘，非要充当一枚四条腿的棋子不可！这小家伙睁着两只颜色不同的眼睛，好奇地、耐心地、锲而不舍地干扰着我们的厮杀。

这只小猫叫白白。

白白对我好像特别友好。我当然更喜欢它，因为它是唯一继承了它的爸爸妈妈眼睛颜色的小猫崽。其余几只，或是一对黄褐色的眼睛，像金桔，也像落日；或是一对蔚蓝色的眼睛，像海洋，也像蓝天。

物以稀为贵，不假。更主要的，这只小猫使我想起自己青年时期和凯歌的那次神聊，勾起了心中某种隐秘的期待。

我厚起脸皮，向作黎老人索要白白，白白是猫小姐，我还希望它能生儿育女呢！

老人笑了，告诉我有三十六位亲戚或朋友同事学生排着队挂着号，全盯着他的小猫崽！我，排在第三十七号。

如果按照中国人排队的良好秩序，我可能要到一九九〇年以后才能得到一只小波斯猫。这实在令人沮丧。

每次见到白白，看到它用颜色不同的眼珠子扫描着我（这种眼睛又称"金银眼儿"），并且发出娇憨的叫声时，我感到一种飘然欲仙的味道。尽管每到这时作黎老人都狡黠地偷吃我的车，或是用"盘头马"踢得我的老将软肋一阵阵不舒服，我都显出了超然和大度，输赢早置之度外，只要身边卧着波斯猫白白。

大概我的痴情感动了老棋友，突然一天作黎老人宣布：白白可以让我抱走了！我觉得自己像在做梦，好像一个幸运的酒徒获得一瓶茅台，又像一个集邮迷觅到一枚珍贵的邮票。这种种兴奋都不足以概括我当时的心境，比较准确的比喻，我觉得自己像一名幸福的新郎（当然，只要妻子不嫉妒的话）。

作黎老人一家像嫁女儿一样，很隆重地把白白装进了我的提包。他的老伴又郑重地递给我一张纸，上面是白白的习惯、食谱，以及饲养注意事项。其中第一条：喜食酵母片、鲜黄瓜和名贵蔬菜。

一看到这里，我乐不可支：敢情波斯猫还具有安哥拉兔的习性！或是祖先真的来自波斯，信仰什么教亦未可知。

为了验证这一事实，我在途中买了两包酵母片。回到家，白白惊魂未定，直想钻到床下，一亮酵母片，它耸动着胡须，又摇着尾巴，吃得贪馋无比，全然忘记了一切。

酵母片成了我和白白的情感沟通媒介。当天晚上，它跳到桌上，把两包酵母片（四十片）吃了个精光，颇有点像孙悟空偷太上老君的九转金丹。

真是只不可思议的波斯猫。

我终于实现了青年时期的一段梦幻，拥有一只真正的波斯猫。它成了我的欢乐，也成了我的寄托；它文静驯良，但又活泼好动。尤其当我夜间伏案工作时，它先是躲在一旁观察，趁你不注意时便纵身一跳，大模大样地踏过稿纸，卧在台灯下。用大尾巴拂弄你的眼镜；这时如果你再不理睬，它就会伸出舌头，舔着你的头发，像一个热情的女理发师。每逢这时，我都无可奈何地停下笔，抚弄一下它柔软的长毛，像托住一团云絮，又替它搔搔下巴和耳根。这时你若注意一下白白的眼睛，能看到那黄色的瞳孔里是信赖，蓝色瞳孔里是娇憨。如若把灯光斜斜地射过去，那眼睛又闪烁出宝石般的红光，亮晶晶，红灿灿，奇妙之至。

造物主不知用什么方式，捏成了波斯猫？

好像为了回答我的疑问，大白决定谈恋爱了。它变得烦躁不安，四处打滚，常倚着我的腿发出哀求的叫声，仿佛请我帮它寻找一个爱侣。

这时，它刚满九个月。好一个早恋型的猫姑娘！大概受了琼瑶小说的影响所致，或者是春天本身就具有撩拨动物情欲的因素。要不怎么有那么多"春情""春心""春意"以及"伤春""怀春""惜春"来作佐证呢！这天恰好是四月四日。

大白陷入了春的情网了。

我不能坐视不救，更主要的是希望大白能当个猫妈妈，完成它生命过程的一个必须阶段。我可不希望计划生育的基本国策制约着我的波斯猫大白，于是，我开始为它寻觅夫婿。

四邻中鲜有养猫者，好不容易找到一家，有一只绝大的雄猫，双眼碧蓝，可是已做过绝育手术，成为猫世界的太监，不知它是否产生过发愤著述猫史的念头？临别时我一直琢磨着。

又觅到一户人家，养得一对波斯猫，视若儿女，且管束极严，等闲不许第三者插足，尽管那雄猫其貌不扬类白狐狸，绝配不上我家的猫姑娘！

看来猫世界的伦理道德也是巍然若泰山般难以撼动的。

万般无奈，在大白彻夜唱情歌的感召下，我只好到它的娘家求救了，韩作黎老人略一思索，领我到他的邻居，老诗人阮章竞家拜谒。原来阮老家养了一只十个月大的雄猫，与大白郎才女貌正好是一对。

看到我语无伦次急火攻心的模样，章竟老人慷慨地抱出他的漂亮雄健的大雄猫，小孙女追上我，说三天后一定抱还回来。女孩子目光中充满恋恋不舍之意，让人看了颇有几分不忍。

三天三夜的"蜜月"，三天三夜的追逐厮打，吵吵闹闹，两只猫把自然属性发泄了个痛快！我的手背上被大白的新郎热情地抓出五条血口子，只因为我想把它装入提包送回故土！它是猫中的男子汉，好小伙子，有勇气捍卫自己的幸福，我一边蹬着自行车，一边这样想，我的大白要当妈妈了。

它的性情，随着身体内部的变化而变化，昔日的顽皮活泼，被沉静稳重所代替。它不再登高攀险，也不愿再干扰我的工作，只愿意自己寻一静处，打着轻轻的鼾。我的小女儿从幼儿园回来，要去亲它、抱它，它马上伏在地上，用哀求的目光和叫声表示不愿接受小女儿粗鲁的爱抚。实在躲不过，便赏光般地与她玩上几分钟，趁她不注意时闪电般地钻到床下。再不肯露面。

母爱，过早出现的母爱，使得波斯猫大白变得孤僻，古怪了。

我问过许多人，想弄清猫的妊娠期是多久？可都不得要领。有的人说是两个月，有的告诉我一个半月，还有的人说"猫三狗四"，三个月没错儿！

妻子是妇产科的助产士，手头接过上百个婴儿，一派产科权威的架势和威严。她是大白的主要监护人兼卫生顾问，可是连她也没弄明白大白的预产期。

大自然的秘密就这样。

六月六日，一个星期六的傍晚，我们一家人拿起羽毛球拍，到楼下空地去进行常规性锻炼。锻炼结束，气喘吁吁上楼进屋，突然发现大白早卧到了它纸箱做成的产房里。妻子不经意地一张望，眉毛马上竖在了脑门，她冲我使了个眼色，悄悄说道："大白生啦！"

我乐得不敢出声，生怕惊动了它的"胎气"。打亮手电筒，轻轻掀起猫窝上的盖布，远远地瞄一眼，蠕动着的几条小生命正发出尖细如鼠的叫声。再看大白，疲惫而幸福地卧在染血的棉垫上，不时回头舔着自己的儿女。不到一小时它一共生下了五只小波斯猫。

记不得从六月六日起我的日子是怎么度过的，只觉得全家沉浸在一种神奇的欢乐和莫名的激动中。掌握手电筒，偷偷看一眼大白和它的儿女，成了我们一家三口人的争夺焦点，你拥我挤，尊卑长幼的秩序荡然无存。也难怪，身边平空添了五条小生命，又是可爱的大白生下的儿女，这一切怎么能平静地对待呢！更何况是在我的"独单元"斗室里！我每天晚上支起行军床，头正好对着书桌下大白的"产房"，静听着小猫们的尖叫和大白的呼噜，以及它们母子们若明若暗的对话（当然，小猫们主要是用吃奶的动作来完成这种交流），实在是人生一大享受。

我无比焦急地盼望着小猫们睁眼，只有睁开眼，才能辨别出"金银眼儿"和普通眼。我记得大白的两窝兄弟姐妹，每窝里只有一只"金银眼儿"，按照这种比例，我这群小猫里顶多只有一只"金银眼儿"，如果这样，它将是我家的又一宠儿！

说起来你准不信，至少韩老听说之后吃惊了好半天。我的大白生下的五个儿女中，竟然四只是名贵的"金银眼儿"，它们和我的大白活脱脱一个模样，只不过眼睛颜色略浅（因为还太小），同时位置截然相反。大白是左黄右蓝，四只小猫一律左蓝右黄，神不神？

剩下的一只小猫是只雄猫，和它剽悍的父亲一样，生有一对蔚蓝色如大海的眼睛，滴溜溜圆。脖子围一圈耸立的颈毛，像一头白色的小狮子，结果，这只名叫"蓝蓝"的小家伙，成了我家最有地位的一只猫王子。

不是说了嘛，物以稀为贵。话又说回来，我的大白，真是"模范母亲"。瞧它选择一个多巧妙的日子——一九八七年六月六日，星期六，下午六点，正经一个"六六顺"，生下一群多么出类拔萃的波斯种族！它给我平淡的生活增添了跃动的活力，也使我感知到了一个生命分裂为无数个生命的全部过程。多好的猫啊！

只是不知道老朋友陈凯歌如今在何处奔波拍电影？被他叙述出童话氛围的那只奇妙的波斯猫，以及那养猫的少女，如今又怎么样了？

我的大白或许还是那波斯猫的后裔呢？这一切，全像是梦，更像是谜。

但毫无疑问，这是生活。

1987年11月

（原载1989年《天津文学》第7期）

自然的猫

许地山

人与猫相处，觉得猫有许多生理上及心理上的特性。如独生猫，每为人所喜爱。中国各处有相同的口诀，说："一龙，二虎，三太保，四老鼠。"意思是独生的猫如龙，孪生的猫似虎。一胎三只以上就不大好了。闽南人的口诀是，"一龙，二虎，三偷食，四背祖。"所以生三只，四只，不是懒惰，就是不认主人。但这都是人们对于猫的见解，究竟如何，也不能断定。在《贤奕》里引出一段龙猫、虎猫的笑话。

齐奄家畜一猫，自奇之，号于人曰虎猫。客说之曰，虎诚猛，不如龙之神也。请更名曰，龙猫。又客说之曰，龙固神于虎也。龙升天，须浮云。云其尚于龙乎？不如名曰云。又客说之曰，云霭蔽天，风倏散之。云固不敌风也。请名曰风。又客说之曰，大风飙起，维屏与墙，斯足蔽矣。风其如墙何？名之曰墙猫。又客说之曰，维墙虽固，维鼠穴之，墙斯圮矣，墙之如鼠何？即名曰鼠猫。东里丈人嗤之曰，猫即猫耳，胡为自失其本真哉？

这可以见得名龙，名虎，乃属主观的，不必限于独生或孪生的关系。又人对猫的观察常有错误。如说，猫捕食老鼠以后，它的耳朵必定有缺。像老虎的耳朵在吃人以后的锯缺一样。大概缺的原因是由于偶然的损伤，绝非因吃了一个人或一只鼠就缺一坎。

有一件事最显然的是猫常有吃掉自己的小猫的情形。这情形，在狗和别的动物中间也常见，不过人没注意到罢了。中国人的解释是猫当乳哺时期，属虎的人不能去看它，若是看见了，母猫必要徙窠，甚至把小猫都吃掉。空同子说："猫见寅人，则衔其儿走徙其窠。"《黄氏日抄》说："猫初生，见寅肖人，而自食其子。"但有些地方以为给属鼠的人见到，母猫就会把小猫吃掉。又李元《蠕范》说："猫食鼠，上旬食头，中旬食腹，下旬食足。"这也未见得是正确的观察，其实要看鼠的大小，及猫的性格而定。有些猫只会捕鼠，把鼠咬死就算，一口也不吃，有些只会捕鸟，看见老鼠都懒得去追。

欧洲人以为一只猫有九条命，因为它很难致死。这话在文学上用得很多。德国的谚语甚至有"一只猫有九条命；一个女人有九只猫的命"。表示女人的命比猫还要多几倍。从动物学的观点说，猫的命是有许多生理上的特长来保护着它。最惹人注意的是，凡猫从高处摔下，无论如何，四条腿总是先落在地上，不会摔伤。这现象固然是由于猫的祖先升树的习性所形成，但主要的还是它能利用身体的均衡运动。脊椎动物的耳里有半圆管司身体的均衡作用。这半圆管的功用在耳司听觉以前便有了。听觉是动物进化后才显出的作用，在此以前，身体的均衡比较重要。猫还保持着它灵敏的均衡作用，所以无论人怎样扔它，它很容易地翻过身来，使四只脚先到地。而且它的脚像安着弹簧一样，受全身的重力，一点也没伤害。如果一只猫不会这样，那就是因为它太被豢养惯了。

猫的触须很长，这也是哺乳动物所常有的，即如鲸的上唇也有。不过在猫族中，触须特别发达，因为它们要走在黑暗地方，这须于感觉的帮助很大。猫还有特灵的嗅觉和听觉。家猫与野猫都可以辨别极细微的声音。从这些声音，它们可以认识是从什么地方，什么东西发出来的。但是它们所认的不是音的高低，乃是声的大小。它们能听人的说话，并不像狗那样真能懂得，只是由声的大小供给它们的联想而已。

猫可以在夜间看见东西。这是因为猫类多半是夜猎的兽，非到昏暗不出来，它们能利用微暗的光来看东西。它们的瞳子，因为需要光度的大小，而形成伸缩作用。所谓猫眼知时，乃是受光的强弱所生现象。关于依猫眼测时间的歌诀很多，最常见的是："子午线，卯酉圆，寅申巳亥银杏样，辰戌丑未侧如钱。"这在平常的时候，固然可以，如果在天阴、暗室里，就不一定准了。在越黑暗的地方，猫的瞳子放得越大。眼的网膜有一层光滑如镜的薄面，这也是帮助它能在暗处见物的一件法宝。因为它有这样的网膜，所以人每见它在暗处两眼发光。但在无光的地方如物理实验的暗房里，猫眼也不能被看见，因为所有的眼都不能自发光辉。所有的猫都是色盲的。它们住在一个灰色的世界里。它们虽然能够分辨红白，但也不是从色素，只是由光的刺激的大小分别出来。我们可以说猫不只是音聋和色盲，并且于听视二觉都有缺陷。它本是夜猎的兽类，所以对于声音与颜色只须能够辨别大小远近就够了。

俗语说："猫认屋，狗认人。"猫有本领认识它所住的地方，虽然把它送到很远，若不隔着水和高墙，它总会寻道回来。这个本领在林栖的动物中常有，尤其是在乳哺期间，母兽必有寻道还寨的能力，不然，小兽就会有危险。

中国书上常说，猫的鼻端常冷，唯夏至一日暖。这是因为它的鼻常湿，为要增加嗅觉作用，与阴阳气无关。

猫的感情作用，最显然的是见到狗或恐怖时，全身的毛竖立起来。不过这不必每只猫都是一样，有的与狗做朋友，见了一点也不害怕。毛竖的现象，在人类与其它哺乳动物都有，在肾脏的前头有一个小小的器官，名叫"肾上腺"，它是对付一切非常境遇的器官。从这腺分泌肾上腺硷（Adrenalin）游离于血液中间，分布到全身。这种分泌物，现在叫作"兴奋体"（Hormones）。它们是"化学的传信者"，常为保持身体的利益而分泌到身上各部分。肾上腺硷，一分泌出来，就可以增加血液的压力，紧张肌肉，增加心动等；还可以激动毛发下的小肌肉使毛发竖立起来。身体有强烈的情绪就是神经受了大刺激，如系属于恐怖的，肾上腺硷立时要分泌出来，使血液里的糖分增加散布到各部分，它的主要功用，是可以振奋精神，如受伤出血时，可以使血在伤口凝结得快些。所以猫和人一样，在预备争斗或恐怖的时候，血里都满布着肾上腺硷。这兴奋体是近代的发现，医药家每取肾上腺硷来做止血药及提神药，大概所有的药房都可以买得到。

猫一竖毛，同时便发出吼声，身体四肢做备斗的姿势，它的生理上的变化也和人类一样。第一步是愤怒，由愤怒刺激肾上腺，肾上腺急剧地制造肾上腺硷，分泌出来随着血液传达到全身。身体于是完成争斗的预备而示现争斗的姿势。若是争斗起来，此肾上腺硷一方面激起兴奋作用；受伤时，就显止血作用，若是斗不起来，情绪便渐渐松弛，身体姿势也就渐次复元了。

猫是最美丽最优雅的小动物，从来养它的人们不一定是为捕鼠，多是当它做家里的小伴侣。普通的家猫可以分二类，一是长毛种，一是短毛种，前者比较贵重，后者比较常见。长毛猫不是中国种，最有名的是"金奇罗"
（Chinchilla），它的眼睛，绿得很可爱。其次是"师莫
克"（Smoke），它有琥珀样的眼睛。这两种长毛猫在欧洲
的名品很多，毛色多带灰蓝，但其它色泽也有。还有一种名
"达比士"（Tabbies），也很可贵。所有长毛猫都是一个
原种变化出来的。中国的长毛猫古时多从波斯输入，所以也
称为波斯猫或狮猫。短毛猫各国都有。讲究养猫的，都知道
此中的优种是亚比亚尼亚种、俄罗斯种、暹罗种。亚比亚尼
亚猫很像埃及种，大概是古埃及的遗种。这种猫身尾脚耳都
很长，颜色多为黑、褐，很少白的。俄罗斯猫眼带绿色，毛
细而密，为北方优种。暹罗猫多乳白色，头脚尾褐色，宝蓝
眼，从前只饲于宫中，近来才流出各处。此外，如英国的人
岛猫，属于短毛类，它的奇特处是没有尾巴，像兔子一样。
中国的特种猫，据《猫苑》说，有闽粤交界的南澳岛所产的
歧尾猫，这种猫的尾巴是卷曲的，名叫麒麟尾，或如意尾，
很会捕鼠。又四川简州有一种四耳猫，耳中另有小耳，擅于
捕鼠，州官每用来充作方物贡送寅僚，《四川通志》和袁枚
《续子不语》（卷四）都记载这话，但不知道所谓四耳，究
竟是怎样的。

　　以上关于猫的话，不过是略述猫的神话、人事与自然三方面。因为它对于人的关系那么久远，养它的人不一定是为治鼠，才把它留在家里。它也是家庭的好伴侣，若将它与狗来比，它是静的和女性的，狗正与它相反。作者一向爱猫，故此不惮烦地写了这一大篇给同爱的读者。

（原载1940年《香港大学学生会会刊》，

收入《国粹与国学》）

第四章

还有你的猫在偷偷想你

　　随它去吧，这样有灵性的猫，哪里会不晓得我们要离开这里。要出去自然不会躲开的。你们看它，父亲过世以后，再也不忍走进那两间房里，并且几天没有吃饭，明明在非常地伤心。现在怕是还想在这里陪伴你们父亲的灵魂呢。它原是你父亲的。

父亲的玳瑁

鲁彦

在墙脚跟刷然溜过的那黑猫的影，又触动了我对于父亲的玳瑁的怀念。

净洁的白毛的中间，夹杂些淡黄的云霞似的柔毛，恰如透明的妇人的玳瑁首饰的那种猫儿，是被称为"玳瑁猫"的。我们家里的猫儿正是那一类，父亲就给了它"玳瑁"这个名字。

在近来的这一匹玳瑁之前，我们还曾有过另外的一匹。它有着同样的颜色，得到了同样的名字，同是从我姊姊家里带来，一样地为我们所爱。

但那是我不幸的妹妹的玳瑁，它曾经和她盘桓了十二年的岁月。

而现在的这一匹，是属于父亲的。

它什么时候来到我们家里，我不很清楚，据说大约已有三年光景了。父亲给我的信，从来不曾提过它。在他的理智中，仿佛以为玳瑁毕竟是一匹小小的兽，比不上任何的家事，足以通知我似的。

但当我去年回到家里的时候，我看到了父亲和玳瑁的感情了。

每当厨房的碗筷一搬动，父亲在后房餐桌边坐下的时候，玳瑁便在门外"咪咪"地叫了起来。这叫声是只有两三声，从不多叫的。它仿佛在问父亲。可不可以进来似的。

于是父亲就说了，完全像对什么人说话一样：

"玳瑁，这里来！"

我初到的几天，家里突然增多了四个人，在玳瑁似乎感觉到热闹与生疏的恐惧，常不肯即刻进来。

"来吧，玳瑁！"父亲望着门外，不见它进来，又说了。

但是玳瑁只回答了两声"咪咪"仍在门外徘徊着。

"小孩一样，看见生疏的人，就怕进来了。"父亲笑着对我们说。

但是过了一会，玳瑁在大家的不注意中，已经跃上了父亲的膝上。

"哪，在这里了。"父亲说。

我们弯过头去看，它伏在父亲的膝上，睁着略带惧怯的眼望着我们，仿佛预备逃遁似的。

父亲立刻理会它的感觉，用手抚摩着它的颈背，说："困吧，玳瑁。"一面他又转过来对我们说："不要多看它，它像姑娘一样的呢。"

我们吃着饭，玳瑁从不跳到桌上来，只是静静地伏在父亲的膝上。有时鱼腥的气息引诱了它，它便偶尔伸出半个头来望了一望。又立刻缩了回去。它的脚不肯触着桌。这是它的规矩，父亲告诉我们说，向来是这样的。

父亲吃完饭，站起来的时候，玳瑁便先走出门外去。它知道父亲要到厨房里去给它预备饭了。那是真的，父亲从来不曾忘记过，他自己一吃完饭，便去添饭给玳瑁的。玳瑁的饭每次都有鱼或鱼汤拌着。父亲自己这几年来对于鱼的滋味据说有点厌，但即使自己不吃，他总是每次上街去，给玳瑁带了一些鱼来，而且给它储存着的。

白天，玳瑁常在储藏东西的楼上，不常到楼下的房子里来。但每当父亲有什么事情将要出去的时候，玳瑁像是在楼上看着的样子，便溜到父亲的身边，绕着父亲的脚转了几下，一直跟父亲到门边。父亲回来的时候，它又像是在什么地方远远望着，静静地倾听着的样子，待父亲一跨进门限，它又在父亲的脚边了。它并不时时刻刻跟着父亲，但父亲的一举一动，父亲的进出，它似乎时刻在那里留心着。

晚上，玳瑁睡在父亲的脚后的被上，陪伴着父亲。

我们回家后，父亲换了一个寝室。他现在睡到弄堂门外一间从来没有人去的房子里了。

玳瑁有两夜没有找到父亲，只在原地方走着，叫着。它第一夜跳到父亲的床上，发现睡着的是我们，便立刻跳了出去。

正是很冷的天气。父亲惦念着玳瑁夜里受冷，说它恐怕不会想到他会搬到那样冷落的地方去的。而且晚上弄堂门又关得很早。

但是第三天的夜里，父亲一觉醒来，玳瑁已在床上睡着了，静静的，"咕咕"念着猫经。

半个月后，玳瑁对我也渐渐熟了。它不复躲避我。当它在父亲身边的时候，我伸出手去，轻轻抚摩着它的颈背。它伏着不动。然而它从不自己走近我。我叫它，它仍不来。就是母亲，她是永久和父亲在一起的，它也不肯走近她。父亲呢，只要叫一声"玳瑁"，甚至咳嗽一声，它便不晓得从什么地方溜出来了。而且绕着父亲的脚。

有两次玳瑁到邻居家去游走，忘记了吃饭。我们大家叫着"玳瑁玳瑁"，东西寻找着，不见它回来。父亲却猜到它哪里去了。他拿着玳瑁的饭碗走出门外。用筷子敲着，只喊了两声"玳瑁"，玳瑁便从很远的邻屋上走来了。

"你的声音像格外不同似的，"母亲对父亲说，"只消叫两声，又不大，它便老远地听见了。"

"是哪，它只听我管的哩。"

对于寂寞地度着残年的老人，玳瑁所给予的是儿子和孙子的安慰，我觉得。

六月四日的早晨，我带着战栗的心重到家里，父亲只躺在床上远远地望了我一下，便疲倦地合上了眼皮。我悲苦地牵着他的手在我的面上抚摩。他的手已经有点生硬，不复像往日柔和地抚摩玳瑁的颈背那么自然。据说在头一天的下午，玳瑁曾经跳上他的身边，悲鸣着，父亲还很自然地抚摩着它亲密地叫着"玳瑁"。而我呢，已经迟了。

从这一天起，玳瑁便不再走进父亲的以及和父亲相连的我们的房子。我们有好几天没有看见玳瑁的影子。我代替了父亲的工作，给玳瑁在厨房里备好鱼拌的饭，敲着碗，叫着"玳瑁"。玳瑁没有回答，也不出来。母亲说，这几天家里人多，闹得很，它该是躲在楼上怕出来的。于是我把饭碗一直送到楼上。然而玳瑁仍没有影子。过了一天，碗里的饭照样地摆在楼上，只饭粒干瘪了一些。

玳瑁正怀着孕，需要好的滋养。一想到这，大家更其焦虑了。

第五天早晨，母亲才发现给玳瑁在厨房预备着的另一只饭碗里的饭略略少了一些。大约它在没有人的夜里走进了厨房。它应该是非常饥饿了。然而仍像吃不下的样子。

一星期后，家里的亲友渐渐少了。玳瑁仍不大肯露面。无论谁叫它，都不答应。偶然在楼梯上溜过的后影，显得憔悴而且瘦削，连那怀着孕的肚子也好像小了一些似的。

一天一天家里愈加冷静了。满屋里主宰着静默的悲哀。一到晚上，人还没有睡，老鼠便吱吱叫着活动起来，甚至我们房间的楼上也在叫着跑着。玳瑁是最会捕鼠的。当去年我们回家的时候，即使它跟着父亲睡在远一点的地方，我们的房间里从没有听见过老鼠的声音。但现在玳瑁就睡在隔壁的

楼上，也不过问了。我们毫不埋怨它。我们知道它所以这样
的原因。

可怜的玳瑁。它不能再听到那熟识的亲密的声音，不能
再得到那慈爱的抚摩，它是在怎样的悲伤呵！

三星期后，我们全家要离开故乡。大家预先就在商量，
怎样把玳瑁带出来。但是离开预定的日子前一星期，玳瑁生
了小孩了。我们看见它的肚子松瘪着。

怎样可以把它带出来呢？

然而为了玳瑁，我们还是不能不带它出来。我们家里的
门将要全锁上。邻居们不会像我们似的爱它，而且大家全吃
着素菜，不会舍得买鱼饲它。单看玳瑁的脾气，连对于母亲
也是冷淡淡的，决不会喜欢别的邻居。

我们还是决定带它一道来上海。

它生了几个小孩，什么样子，放在哪里，我们虽然极想
知道，却不敢去惊动玳瑁。我们预定在饲玳瑁的时候，先捉
到它，然后再寻觅它的小孩。因为这几天来，玳瑁在吃饭的
时候，已经不大避人，捉到它应该是容易的。

但是两天后，我们十几岁的外甥遏抑不住他的热情了。
不知怎样，玳瑁的孩子们所在的地方先被他很容易地发现

了。它们原来就在楼梯门口，一只半掩着的糠箱里。玳瑁和它的小孩们就住在这里，是谁也想不到的。外甥很喜欢，叫大家去看。玳瑁已经溜得远远的在惧怯地望着。

我们想，既然玳瑁已经知道我们发觉了它的小孩的住所，不如便先把它的小孩看守起来，因为这样，也可以引诱玳瑁的来到，否则它会把小孩衔到更没有人晓得的地方去的。

于是我们便做了一个更安适的窠，给它的小孩们，携进了以前父亲的寝室，而且就在父亲的床边。

那里是四个小孩，白的，黑的，黄的，玳瑁的，都还没有睁开眼睛。贴着压着，钻作一团，肥圆的。捉到它们的时候，偶然发出微弱的老鼠似的吱吱的鸣声。

"生了几只呀？"母亲问着。

"四只。"

"嗨，四只！怪不得！扛了你父亲的棺材，不要再扛我的呢！"母亲叹息着，不快活地说。

大家听着这话，愣住了。

"把它们丢出去！"外甥叫着说，但他同时却又喜悦地抚摩着玳瑁的小孩们，舍不得走开。

玳瑁现在在楼上寻觅了，它大声地叫着。

"玳瑁，这里来，在这里，"我们学着父亲仿佛对人说话似的叫着玳瑁说。

但是玳瑁像只懂得父亲的话，不能了解我们说什么。它在楼上寻觅着，在弄堂里寻觅着，在厨房里寻觅着，可不走进以前父亲天天夜里带着它睡觉的房子。我们有时故意作弄它的小孩们，使它们发出微弱的鸣声。玳瑁仍像没有听见似的。

过了一会，玳瑁给我们女工捉住了。它似乎饿了，走到厨房去吃饭，却不防给她一手捉住了颈背的皮。

"快来！快来！捉住了！"她大声叫着。

我扯了早已预备好的绳圈，跑出去。

玳瑁大声地叫着，用力地挣扎着。待至我伸出手去，还没抱住玳瑁，女工的手一松，玳瑁溜走了。

它再不到厨房里去，只在楼上叫着，寻觅着。

几点钟后，我们只得把玳瑁的小孩们送回楼上。它们显然也和玳瑁似的在忍受着饥饿和痛苦。

玳瑁又静默了，不到十分钟，我们已看不见它的小孩们的影子。现在可不必再费气力，谁也不会知道它们的所在。

有一天一夜，玳瑁没有动过厨房里的饭。以后几天，它也只在夜里，待大家睡了以后到厨房里去。

我们还想设法带玳瑁出来，但是母亲说：

"随它去吧，这样有灵性的猫，哪里会不晓得我们要离开这里。要出去自然不会躲开的。你们看它，父亲过世以后，再也不忍走进那两间房里，并且几天没有吃饭，明明在非常地伤心。现在怕是还想在这里陪伴你们父亲的灵魂呢。它原是你父亲的。"

我们只好随玳瑁自己了。它显然比我们还舍不得父亲，舍不得父亲所住过的房子，走过的路以及手所抚摸过的一切。父亲的声音，父亲的形像，父亲的气息，应该都还很深刻地萦绕在它的脑中。

可怜的玳瑁，它比我们还爱父亲！

然而玳瑁也太凄惨了。以后还有谁再像父亲似的按时给它好的食物，而且慈爱地抚摩着它，像对人说话似的一声声地叫它呢？

离家的那天早晨，母亲曾给它留下了许多给孩子吃的稀饭在厨房里。门虽然锁着，玳瑁应该仍然晓得走进去。邻居们也曾答应代我们给它饲料。然而又怎能和父亲在的时候相比呢?

　　现在距我们离家的时候又已一月多了。玳瑁应该很健康着，它的小孩们也该是很活泼可爱了吧?

　　我希望能再见到和父亲的灵魂永久同在着的玳瑁。

　　　　　　　　（选自1934年12月上海生活书店《驴子和骡子》）

猫

夏丏尊

　　白马湖新居落成，把家眷迁回故乡的后数日，妹就携了四岁的外甥女，由二十里外的夫家雇船来访。自从母亲死后，兄弟们各依了职业迁居外方，故居初则赁与别家，继则因兄弟间种种关系，不得不把先人有过辛苦历史的高大屋宇售让给附近的暴发户，于是兄弟们回故乡的机会就少，而妹也已有六七年无归宁的处所了。这次相见，彼此既快乐又酸辛。小孩之中竟有未曾见过姑母的，外甥女也当然不认得舅妗和表姐，虽经大人指导勉强称呼，总是呆呆地相觑着。

　　新居在一个学校附近，背山临水，地位清静，只不过平屋四间。论其构造，连老屋的厨房还比不上，妹却极口表示满意：

　　"虽比不上老屋，总究是自己的房子，我家在本地已有许多年没有房子了！自从老屋卖去以后，我多少被人瞧不起！每次乘船行过老屋的面前，真是……"

妻见妹说得眼圈有点红了，就忙用话岔开：

"妹妹你看，我老了许多了吧？你却总是这样后生。"

"三姐倒不老！——人总是要老的，大家小孩都已这样大了，他们大起来，就是我们在老起来。我们已六七年不见了呢。"

"快弄饭去吧！"我听了他们的对话，恐再牵入悲境，故意打断话头使妻走开。

妹自幼从我学会了酒，能略饮几杯。兄妹且饮且谈，嫂也在旁属着。话题由此及彼，一直谈到饭后还连续不断。每到妹和妻要谈到家事或婆媳小姑关系上去，我总立即设法打断。因为我是深知道妹在夫家的境遇的，很不愿在难得晤面的当初就引起悲怀。

忽然，天花板上起了嘈杂的鼠声。

"新造的房子，老鼠就这样多了吗？"妹惊讶地问。

"大概是近山的缘故吧。据说房子未造好就有了老鼠的。晚上更厉害，今夜你听，好像在打仗哩。你们那里怎样？"妻说。

"还好，我家有猫。——快要产小猫了，将来可捉一只来。"

"猫也大有好坏，坏的猫老鼠不捕，反要偷食，到处撒屎，还是不养好。"我正在寻觅轻松的话题，就顺了势讲到猫上去。

"猫也和人一样，有种子好不好的。我那里的猫是好种，不偷食，每朝把屎撒在盛灰的畚斗里。——你记得从前老四房里有一只好猫吧。我们那只猫就是从老四房里讨去的小猫。近来听说老四房里已断了种了，——每年生一胎，附近养蚕的人家都来千求万恳地讨，据说讨去都不淘气。现在又快要生小猫了。"

老四房里的那只猫向来有名。最初的老猫是曾祖在时就有了的。不知是哪里得来的种子，白地小黄黑花斑，毛色很嫩，望去像上等的狐皮"金银嵌"。善捉鼠，性质却柔驯得了不得。我小时候常去抱来玩弄，听它念肚里佛，掰开它的眼睛来看，不啻是一个小伴侣。后来我由外面回家，每走到老四房去，有时还看见这小伴侣的子孙。曾也想讨一只小猫到家里去养，终难得逢到恰好有小猫的机会，自迁居他乡，十年来久不忆及了。不料现在种子未绝，妹家现在所养的，不知已是最初老猫的几世孙了。家道中落以来，田产室庐大半荡尽，而曾祖时代的猫尚间接地在妹家留着种子，这真是一种不可思议的缘，值得叫人无限感兴的了。

"哦！就是那只猫的种子！好的，将来就给我们一只。那只猫的种子是近地有名的，花纹还没有变吗？"

"你欢喜哪一种？——大约一胎多则三只，少则两只。其中大概有一只是金银嵌的，有一二只是白中带黑斑的，每年都是如此。"

"那自然要金银嵌的啰。"我脑中不禁浮出孩时小伴侣的印象来，更联想到那如云的往事，为之茫然。

妻和妹之间，猫的谈话仍继续着。儿女中大些的张了眼听，最小的阿满摇着妻的膝问："小猫几时会来？"我也靠在藤椅子上吸着烟默然听她们。

"猫小的时候，要教它会才好。如果撒屎在地板上了，就捉到撒屎的地方，当着它的屎打，到碗中偷食吃的时候，就把碗摆在它的前面打。这样打了几次，它就不敢乱撒屎多偷食了。"

妹的猫教育论，引得大家都笑了。

次晨，妹说即须回去，约定过几天再来久留几日，临走的时候还说：

"昨晚上老鼠真吵得厉害，下次来时，替你们把猫捉来吧。"

妹去后，全家多了一个猫的话题。最性急的自然是小孩，她们常问"姑妈几时来"，其实都是为猫而问，我虽每回回答她们："自然会来的，性急什么？"而心里也对于那与我家一系有二十多年历史的猫，怀着迫切的期待，巴不得妹——猫快来。

妹的第二次来，在一个月以后，带来的只是赠送小孩的果物和若干种的花草苗种，并没有猫。说小猫前几天才出生，要一月后方可离母，此次生了三只，一只是金银嵌的，其余两只是黑白花和狸斑花的，讨的人家很多，已替我们把金银嵌的留定了。

猫的被送来已是妹第二次回去后半月光景的事。那时已过端午，我从学校回去，一进门，妻就和我说：

"妹妹今天差人把猫送来了，她有一封信在这里。说从回去以后就有些不适。大约是发寒热，不要紧的。"

我从妻手里接了信草草一看，同时就向室中四望：

"猫呢？"

"她们在弄它。阿吉，阿满，你们把猫抱来给爸爸看！"

立刻，听得柔弱的"尼亚尼亚"声，阿满从房中抱出猫来：

"会念佛的，一到就蹲在床下。妈说它是新娘子呢。"

我熟视着女儿手中的小猫说：

"还小呢，别去捉它，放在地上。过几天会熟的。当心碰见狗！"

阿满将猫放下。猫把背一耸就跟跄地向房里遁去。接着就从房内发出柔弱的"尼亚尼亚"的叫声。

"去看看它躲在什么地方。"阿吉和阿满蹑了脚进房去。

"不要去捉它啊！"妻从后叮嘱她们。

猫确是金银嵌，虽然产毛未褪，黄白还未十分夺目，尽足依约地唤起从前老四房里小伴侣的印象。"尼亚尼亚"的叫声，和"咪咪"的呼唤声，在一家中起了新气氛。在我心中却成了一个联想过去的媒介，想到儿时的趣味，想到家况未中落时的光景。

与猫同来的，总以为不成问题的妹的病消息，一二日后竟由沉重而至于危笃，终于因恶性疟疾引起了流产，遗下未足月的女孩而弃去这世界了。

一家人参与丧事完毕从丧家回来，一进门就听到"尼亚尼亚"的猫声。

"这猫真不吉利，它是首先来报妹妹的死信的！"妻见了猫叹息着说。

猫正在檐前伸了小足爬搔着柱子，突然见我们来，就踉跄逃去。阿满赶到厨下把它捉来了，捧在手里：

"你还要逃，都是你不好！妈！快打！"

"畜生晓得什么？唉，真不吉利！"妻呆呆地望着猫这样说，忘记了自己的矛盾，倒弄得阿满把猫捧在手里瞪目茫然了。

"把它关在伙食间里。别放它出来！"我一壁说一壁懒懒地走入卧室去睡。我实在已怕看这猫了。

立时从伙食间里发出"尼亚尼亚"的悲鸣声和嘈杂的搔爬声来。努力想睡，总是睡不着。原想起来把猫重新放出，终于无心动弹，连向那就在房外的妻女叫一声"把猫放出"的心绪也没有，只让自己听着那连续的猫声，一味沉浸在悲哀里。

从此以后，这小小的猫在全家成了一个联想死者的媒

介，特别是我。这猫所暗示的新的悲哀的创伤，是用了家道
中落等类的怅惘包裹着的。

伤逝的悲怀随着暑气一天一天地淡去，猫也一天一天地
长大。从前被全家所诅咒的这不幸的猫，这时候渐被全家宠
爱珍惜起来了，当作了死者的纪念物。每餐给它吃鱼，归阿
满饲它，晚上抱进房里，防恐被人偷了或是被野狗咬伤。

白玉也似的毛地上，错落的黄黑斑非常明显，当它蹲在
草地上或跳掷在凤仙花丛里的时候，望去真是美丽。附近四
邻或路过的人见了称赞说"好猫"，这时候，妻脸上就现出
一种莫可言说的矜夸，好像是养着一个好儿子或是好女儿。
特别是阿满：

"这是我家的猫，是姑母送来的。姑母死了，只剩了这
只猫了！"有人称赞猫的时候，她不管那人陌生与不陌生，
总会睁圆了眼起劲地对他说明这些。

猫成了一家的宠儿了，每餐食桌旁总有它的位置。偶然
偷了食或是乱撒了屎，虽然依妹的教育法是要就地罚打的，
妻也总看妹面上宽恕过去。阿吉阿满一从学校里回来就用带
子逗它玩，或是捉迷藏似的在庭间追赶它。我也常于初秋的
夕阳中坐在檐下对了这跳掷着的小动物作种种的遐想。

那是快近中秋的一个晚上的事：湖上邻居的几位朋友，晚饭后散步到了我家里，大家在月下闲话，阿满和猫在草地上追逐着玩。客去后，我和妻搬进几椅正要关门就寝，妻照例记起猫来：

"咪咪！"

"咪咪！"阿吉阿满也跟着唤。

可是却听不到猫的"尼亚尼亚"的回答。

"没有呢！哪里去了？阿满，不是你捉出来的吗？去寻来！"妻着急起来了。

"刚刚在天井里的。"阿满瞠着眼含糊地回答，一壁哭了起来。

"还哭！都是你不好，夜了还捉出来做什么呢？——咪咪！咪咪！"妻一壁责骂阿满，一壁嘎了声再唤。

"咪咪！咪咪！"我也不禁附和着唤。

可是仍听不到猫的"尼亚尼亚"的回答。

叫小孩睡好了，重新找寻，室内室外，东邻西舍，分头到处寻遍，哪有猫的影儿？连方才谈天的几位朋友都过来帮着在月光下寻觅，也终于不见形影。一直闹到十二点多钟，月亮已照屋角为止。

"夜深了，把窗门暂时开着，等它自己回来吧！——偷是没有人偷的，或者被狗咬死了，但又不听见它叫。也许不至于此，今夜且让它去吧。"

我宽慰着妻，关了大门，先入卧室去。在枕上还听到妻的"咪咪"的呼声。

猫终于不回来。从次日起，一家好像失了什么似的，都觉得说不出的寂寥。小孩放学回来也不如平日的高兴，特别在我，于妻女所感得的以外，顿然失却了沉思过去种种悲欢往事的媒介物，觉得寂寥更甚。

第三日傍晚，我因寂寥不过了，独自在屋后山边散步，忽然在山脚田坑中发现猫的尸体。全身粘着水泥，软软地倒在坑里，毛贴着肉，身躯细了好些，项有血迹，似确是被狗或野兽咬毙了的。

"猫在这里！"我不自觉叫着说。

"在哪里？"妻和女孩先后跑来，见了猫都呆呆地，几乎一时说不出话。

"可怜！一定是野狗咬死的。阿满，都是你不好！前晚你不捉它出来，哪里会死呢？下世去要成冤家啊！——唉！妹妹死了，连妹妹给我们的猫也死了。"妻说时声音呜咽了。

阿满哭了，阿吉也呆着不动。

"进去吧。死了也就算了，人都要死哩，别说猫！快叫人来把它葬了。"我催她们离开。

妻和女孩进去了。我向猫作了最后的一瞥，在黄昏中独自徘徊。日来已失了联想媒介的无数往事，都回光返照似的一时强烈地齐现到心上来。

（原载1926年11月《一般》第1卷第3号）

猫

郑振铎

　　我家养了好几次的猫，结局总是失踪或死亡。三妹是最喜欢猫的，她常在课后回家时，逗着猫玩。有一次，从隔壁要了一只新生的猫来。花白的毛，很活泼，常如带着泥土的白雪球似的，在廊前太阳光里滚来滚去。三妹常常地，取了一条红带，或一根绳子，在它面前来回地拖摇着，它便扑过来抢，又扑过去抢。我坐在藤椅上看着他们，可以微笑着消耗过一二小时的光阴，那时太阳光暖暖地照着，心上感着生命的新鲜与快乐。后来这只猫不知怎地忽然消瘦了，也不肯吃东西，光泽的毛也污涩了，终日躺在厅上的椅下，不肯出来。三妹想着种种方法去逗它，它都不理会。我们都很替它忧郁。三妹特地买了一个很小很小的铜铃，用红绫带穿了，挂在它颈下，但只显得不相称，它只是毫无生意地、懒惰地、郁闷地躺着。有一天中午，我从编译所回来，三妹很难过地说道："哥哥，小猫死了！"

我心里也感着一缕的酸辛，可怜这两月来相伴的小侣！当时只得安慰着三妹道："不要紧，我再向别处要一只来给你。"

隔了几天，二妹从虹口舅舅家里回来，她道，舅舅那里有三四只小猫，很有趣，正要送给人家。三妹便怂恿着她去拿一只来。礼拜天，母亲回来了，却带了一只浑身黄色的小猫同来。立刻三妹一部分的注意，又被这只黄色小猫吸引去了。这只小猫较第一只更有趣，更活泼。它在园中乱跑，又会爬树，有时蝴蝶安详地飞过时，它也会扑过去捉。它似乎太活泼了，一点也不怕生人，有时由树上跃到墙上，又跑到街上，在那里晒太阳。我们都很为它提心吊胆，一天都要"小猫呢？小猫呢？"地查问好几次。每次总要寻找了一回，方才寻到。三妹常指它笑着骂道："你这小猫呀，要被乞丐捉去后才不会乱跑呢！"我回家吃中饭，总看见它坐在铁门外边，一见我进门，便飞也似的跑进去了。饭后的娱乐，是看它在爬树。隐身在阳光隐约里的绿叶中，好像在等待着要捕捉什么似的。把它捉了下来，又极快地爬上去了。过了二三个月，它会捉鼠了。有一次，居然捉到一只很肥大的鼠，自此，夜间便不再听见讨厌的吱吱的声了。

某一日清晨，我起床来，披了衣下楼，没有看见小猫，在小园里找了一遍，也不见。心里便有些亡失的预警。

"三妹，小猫呢？"

她慌忙地跑下楼来，答道："我刚才也寻了一遍，没有看见。"

家里的人都忙乱地在寻找，但终于不见。

李妈道："我一早起来开门，还见它在厅上。烧饭时，才不见了它。"

大家都不高兴，好像亡失了一个亲爱的同伴，连向来不大喜欢它的张妈也说："可惜，可惜，这样好的一只小猫。"

我心里还有一线希望，以为它偶然跑到远处去，也许会认得归途的。

午饭时，张妈诉说道："刚才遇到隔壁周家的丫头，她说，早上看见我家的小猫在门外，被一个过路的人捉去了。"

于是这个亡失证实了。三妹很不高兴的，咕噜着道："他们看见了，为什么不出来阻止？他们明晓得它是我家的！"

我也怅然地，愤恨地，在诅骂着那个不知名的夺去我们所爱的东西的人。

自此，我家好久不养猫。

冬天的早晨，门口蜷伏着一只很可怜的小猫，毛色是花白的，但并不好看，又很瘦。它伏着不去。我们如不取来留养，至少也要为冬寒与饥饿所杀。张妈把它拾了进来，每天给它饭吃。但大家都不大喜欢它，它不活泼，也不像别的小猫之喜欢玩游，好像是具着天生的忧郁性似的，连三妹那样爱猫的，对于它，也不加注意。如此地，过了几个月，它在我家仍是一只若有若无的动物。它渐渐地肥胖了，但仍不活泼。大家在廊前晒太阳闲谈着时，它也常来蜷伏在母亲或三妹的足下。三妹有时也逗着它玩，但并没有对于前几只小猫那样感兴趣。有一天，它因夜里冷，钻到火炉底下去，毛被烧脱好几块，更觉得难看了。

春天来了，它成了一只壮猫了，却仍不改它的忧郁性，也不去捉鼠，终日懒惰地伏着，吃得胖胖的。

这时，妻买了一对黄色的芙蓉鸟来，挂在廊前，叫得很好听。妻常常叮嘱着张妈换水，加鸟粮，洗刷笼子。那只花白猫对于这一对黄鸟，似乎也特别注意，常常跳在桌上，对鸟笼凝望着。

妻道："张妈，留心猫，它会吃鸟呢。"

张妈便跑来把猫捉了去。隔一会儿，它又跳上桌子对鸟笼凝望着了。

一天，我下楼时，听见张妈在叫道："鸟死了一只，一条腿被咬去了，笼板上都是血。是什么东西把它咬死的？"

我匆匆跑下去看，果然一只鸟是死了，羽毛松散着，好像曾与它的敌人挣扎了许久。

我很愤怒，叫道："一定是猫，一定是猫！"于是立刻便去找它。

妻听见了，也匆匆地跑下来，看了死鸟，很难过，便道："不是这猫咬死的还有谁？它常常对鸟笼望着，我早就叫张妈要小心了。张妈！你为什么不小心？！"

张妈默默无言，不能有什么话来辩护。

于是猫的罪状证实了。大家都去找这可厌的猫，想给它以一顿惩戒。找了半天，却没找到。真是"畏罪潜逃"了，我以为。

三妹在楼上叫道："猫在这里了。"

它躺在露台板上晒太阳，态度很安详，嘴里好像还在吃着什么。我想，它一定是在吃着这可怜的鸟的腿了，一时怒气冲天，拿起楼门旁倚着的一根木棒，追过去打了一下。它很悲楚地叫了一声"咪呜"，便逃到屋瓦上了。

我心里还愤愤的，以为惩戒得还没有快意。

隔了几天，李妈在楼下叫道："猫，猫！又来吃鸟了！"同时我看见一只黑猫飞快地逃过露台，嘴里衔着一只黄鸟。我开始觉得我是错了！

我心里十分地难过，真的，我的良心受伤了，我没有判断明白，便妄下断语，冤苦了一只不能说话辩诉的动物。想到它的无抵抗的逃避，益使我感到我的暴怒、我的虐待，都是针，刺我良心的针！

我很想补救我的过失，但它是不能说话的，我将怎样地对它表白我的误解呢？

两个月后，我们的猫忽然死在邻家的屋脊上，我对于它的亡失，比以前的两只猫的亡失，更难过得多。

我永无改正我的过失的机会了！

自此，我家永不养猫。

1925年11月7日于上海

（选自1928年12月上海远东图书公司《家庭的故事》）

猫

靳以

猫好像在活过来的时日中占了很大的一部，虽然现在一只也不再在我的身边厮扰。

当着我才进了中学，就得着了那第一只。那是从一个友人的家中抱来，很费了一番手才送到家中。她是一只黄色的，像虎一样的斑纹，只是生性却十分驯良。那时候她才下生两个月，也像其他的小猫一样欢喜跳闹，却总是被别的欺负的时候居多。友人送我的时候就这样说：

"你不是欢喜猫么，就抱去这只吧。你看她是多么可怜的样子，怕长不大就会死了。"

我都不能想那时候我是多么高兴，当我坐在车上，装在布袋中的她就放在我的腿上。呵，她是一个活着的小动物，时时会在我的腿上蠕动的。我轻轻地拍着她，她不叫也不闹，只静静地卧在那里，像一个十分懂事的东西。我还记得那是夏天，她的皮毛使我在冒着汗，我也忍耐着。到了家，我放她出来。新的天地吓得她更不敢动，她躲在墙角或是椅后那边哀哀地鸣叫。她不吃食物也不饮水，为了那份样子，几乎我又送她回去。可是过了两天或是三天，一切就都很好了。家中人都喜欢她，除开一个残忍成性的婆子。我的姊姊更爱她，每餐都是由她来照顾。

到了长成的时节，她就成为更沉默更温和的了。她从来也不曾抓伤过人，也不到厨房里偷一片鱼。她欢喜蹲在窗台上，眯着眼睛，像哲学家一样地沉思着。那时候阳光正照了她，她还要安详地用前爪在脸上抹一次又一次的。家中人会说：

"链哥儿抱来的猫，也是那样老实呵！"

到后她的子孙们却是有各样的性格。一大半送了亲友，留在家中的也看得出贤与不肖。有的竟和母亲争斗，正像一个浪子或是泼女。

她自己活得很长远，几次以为是不能再活下去了，她还能勉强地活过来，终于一只耳朵不知道为什么枯萎下去。她的脚步更迟钝了，有时鸣叫的声音都微弱得不可闻了。

　　她活了十几年，当着祖母故去的时候，已经入殓，还停在家中；她就躺在棺木的下面死去。想着是在夜间死去的，因为早晨发觉的时候她已经僵硬了。

　　住到X城的时节，我和友人B君共住了一个院子。那个城是古老而沉静的，到处都是树，清寂幽闲。因为是两个单身男子，我们的住处也正像那个城。秋天是如此，春天也是如此。墙壁粉了灰色，每到了下午便显得十分黯淡。可是不知道从哪里却跳来了一只猫，她是在我们一天晚间回来的时候发现的。我们开了灯，她正端坐在沙发的上面，看到光亮和人，一下就不知道溜到哪里去了。

　　我们同时都为她那美丽的毛色打动了，她的身上有着各样的颜色，她的身上包满了茸茸的长绒。我们找寻着，在书架的下面找到了。她用惊疑的眼睛望着我们，我们即刻吩咐仆人，为她弄好了肝和饭，我们故意不去看她，她就悄悄地就食去了。

　　从此在我们的家中，她也算是一个。

　　养了两个多月，在一天的清早，不知逃到哪里去了。她仍是从风门的窗格里钻出去（因为她，我们一直没有完整的纸糊在上面），到午饭时不见回来。我们想着下半天，想着晚饭的时候，可是她一直就不曾回来。

那时候，虽然少了一只小小的猫，住的地方就显得阔大寂寥起来了。当着她在我们这里的时候，那些冷清的角落，都为她跑着跳着填满了；为我们遗忘了的纸物，都由她有趣地抓了出来。一时她会跑上座灯的架上，一时她又跳上了书橱。可是她把花盆架上的一盆迎春拉到地上，碎了花盆的事也有过，记得自己真就以为她是一个有性灵的生物，申斥她，轻轻地打着她；她也就畏缩地躲在一旁，像是充分地明白了自己的过错似的。

平时最使她感觉到兴趣的事，怕就是钻进抽屉中的小睡。只要是拉开了，她就安详地走进去，于是就故意又为她关上了。过些时再拉开来，她也许还未曾醒呢！有的时候是醒了，静静地卧着，看到了外面的天地，就站起来，拱着背缓缓地伸着懒腰。她会跳上了桌子，如果是晚间，她就分去了桌灯给我的光，往返地踱着，她的影子晃来晃去的，却充满了我那狭小的天地，使我也有着闹热的感觉。突然她会为一件小小的物件吸引住了，以前爪轻轻地拨着，惊奇地注视着被转动的物件，就退回了身子，伏在那里，还是一小步一小步地退缩着——终于是猛地向前一蹿，那物件落在地上，她也随着跳下去。

我们有时候也用绒绳来逗引，看着她轻巧而窈窕地跳着。时常想到的就是"摘花赌身轻"的句子。

她的逃失呢，好像是早就想到了的。不是因为从窗里望着外面，看到其他的猫从墙头跳上跳下，她就起始也跑到外面去么？原是不知何所来，就该是不知何所去。只是顿然少去了那么一只跑着跳着的生物，所住的地方就感到更大的空洞了。想着这样的情绪也许并不是持久的，过些天或者就可以忘怀了。只是当着春天的风吹着门窗的纸，就自然地把眼睛望着她日常出入的那个窗格，还以为她又从外面钻了回来。

"走了也好，终不过是不足恃的小人呵！"

这样地想了，我们的心就像是十分安然而愉快了。

过了四个月，B君走了，那个家就留给我一个人。如果一直是冷清下来，对于那样的日子我也许能习惯了；却是日愈空寂的房子，无法使我安心地守下去。但是我也只有忍耐之一途。既不能在众人的处所中感到兴趣，除开面壁枯坐还有其他的方法么？

一天，偶然地在市集中售卖猫狗的那一部，遇到一个老妇人和一个四五岁的女孩。她问我要不要买一只猫。我就停下来，预备看一下再说。她放下在手中的竹篮，解开盖在上面的一张布，就看到一只生了黄黑斑的白猫，正自躺在那里。在她的身下看到了两只才生下不久的小猫。一只是黑的，毛的尖梢却是雪白；那一只是白的，头部生了灰灰的斑。她和我说因为要离开这里，就不得不卖了。她和我要了极合理的价钱，我答应了，付过钱，就径自去买一个竹筐来。当着我把猫放到我的筐子里，那个孩子就大声哭起来。她舍不得她的宝贝。她丢下老妇人塞到她手中的钱。那个老妇人虽是爱着孩子，却好像钱对她真有一点用，就一面哄着一面催促着我快些离开。

叫了一辆车，放上竹筐，我就回去了。留在后面的是那个孩子的哭声。

诚然如那个老妇人所说。她们是到了天堂。最初几天那两只小猫还没有张开眼，从早到晚只是咪咪地叫着。我用烂饭和牛乳喂它们，到张开了眼的时候，我才又看到那个长了灰色斑的两个眼睛是不同的；一个是黄色，一个是蓝色。

大小三只猫，也尽够我自己忙的了。（不止我自己，还有那个仆人。）大的一只时常要跑出去，小的就不断地叫着。她们时常在我的脚边缠绕，一不小心就被踏上一脚或是踢翻个身。她们横着身子跑，因为把米粒粘到脚上，跑着的时候就答答地响着，像生了铁蹄。她们欢喜坐在门限上望着外面，见到后院的那条狗走过，她们就咈咈地叫着，毛都竖起来，急速地跳进房里。

为了她们，每次晚间回来都不敢提起脚步来走，只是溜着，开了灯，就看到她们偎依着在椅上酣睡。

渐渐地她们能爬到我的身上来了，还爬到我的肩头，她们就像到了险境，鸣叫着，一直要我用手把她们再捧下来。

这两只猫仔，引起了许多友人的怜爱，一个过路友人离开了这个城还在信中殷殷地问到。她说过要有那么一天，把这两只猫拿走的。但是为了病着的母亲的寂寥，我就把她们带到了××。

我先把她们的母亲送给了别人，我忘记了她们离开母亲会成为多么可怜的小动物。她们叫着。不给一刻的宁静，就是食物也不大能引着她安下去。她们东找找西找找，然后就失望地朝了我。好像告诉我她们是丢失了母亲，也要我告诉她们：母亲到了哪里？两天都是这样，我都想再把那只大猫要回来了。后来友人告诉我说是那个母亲也叫了几天，终于上了房，不知到哪里去了。

因为要搭乘火车的，我就在行前的一日把她们装到竹篮里。她们就叫，吵得我一夜也不能睡，我想着这将是一桩麻烦的事，依照路章是不能携带猫或狗的。

早晨，我放出她们喂，吃得饱饱的（那时候她们已经消灭了失去母亲的悲哀），又装进竹篮里。她们就不再叫了。一直由我把她们安然地带回我的母亲的身边。

母亲的病在那时已经是很重了，可是她还是勉强地和我说笑。她爱那两只猫。她们也是立刻跳到她的身前。我十分怕看和母亲相见相别时的泪眼，这一次有这两个小东西岔开了母亲的伤心。

不久，她们就成为一种累赘了。当着母亲安睡的时候。她们也许咪咪地叫起来。当着母亲为病痛所苦的时候，她们也许要爬到她的身上。在这情形之下，我只能把她们交付了仆人，由仆人带到他自己的房中去豢养。

母亲的病使我忘记了一切的事，母亲故去了许久我才问着仆人那两只猫是否还活下来。

仆人告诉我她们还活着的，因为一时的疏忽，她们的后腿冻跛了。可渐渐地好起来，也长大了，只是不大像从前那

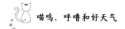

样洁净。

　　我只是应着，并没有要他把她们拿给我，因为被母亲生前所钟爱，她们已经成为我自己悲哀的种子了。

1936年3月3日

（选自1937年1月开明书店《猫与短简》）

猫

范烟桥

　　十个女孩子差不多有九个是爱猫的。因着猫的情性很是和顺，很是妩媚，和女孩子的脾气很对的。我的亲戚生了五个女孩子，却养了五个猫，各自爱着各个。我时常替她们玩笑说，现在你们爱着和性命一般，到了嫁的时候，怕一个个要饿死他们呢。那五个女孩子听了一齐举起猫儿的爪来抓我，我若是变了蝴蝶，不是一幅扑蝶图么？

　　中间年纪最长的唤作小茶。生得很是活泼流利。她爱的猫叫"阿花"，到了吃饭的时候，她总是呼着"阿花咪咪"。那时节优先捡着些鱼的翅儿尾儿给它吃，然后才是她自己吃了。阿花再灵巧也没有了，它为着有四个同伴都有主人爱着，一样有东西吃，有时节才误了。甲猫吃了乙猫主人的食，便给乙猫的主人劈头打了一下，把没有吃完的东西也打掉了。因此，阿花再也不肯冒昧地争食，只仰起头来候着自己的主人掷下来，才自鸣得意地受了。

小茶日间到学校里去的时候，阿花便随着小茶的母亲。也是一般撒娇撒痴着，宛然一个很伶俐的外孙儿呢。星期日便成日价伴着小茶。最有趣的是在围炉的冬日，小茶做绒线的东西。一个绒线球便是阿花的绝妙玩具。小茶说，好似画的狮子滚绣球。那时节大家要停了工作，看它的玩意儿却是天然给他们一辈子娱乐的休息。旁的猫儿也有这个玩意儿，但是没有阿花的活泼和优美。

我说猫和小孩子有许多相像的地方。第一是声音，猫的叫和小孩子的哭简直没甚分别。我曾经有好几回听错了。第二是脾气，人家把和蔼的态度对它，它便很柔服地依恋着。若是时常要打它的，它见了就走开，和小孩子一样。第三是玩耍，猫儿见了圆浑浑的球儿，飘荡荡的虫儿，也像小孩子要抓着玩。第四是修饰，女孩子比较地喜欢美丽，她们总是要学着母亲一件件修饰。那猫儿也是很干净的，时常要吐了涎，把一身毛儿刷得光洁清楚。但是那些没有人怜惜，没有人抚养的煨宠猫、偷食猫却是例外的。仿佛一个孤儿，自然有些野气味了。

　　小茶和阿花可算是花叶相称、相得益彰。倘然把他们俩摄个影，怕不成了天然的美术品么。比较那西方画里金发碧瞳的女郎，抱了一头狗，似乎有些雅俗之分呢。小茶对着阿花也是十二分的真爱，似乎她的母亲也要让阿花三分。这个不是我过于形容，想来爱猫的读者也许被我说着心坎呢。但是猫的本分，在夜里捕鼠。它受了小茶的抚养，一些不责备它失职。因此，它便完全放弃了职司。只是供奉着小茶，引逗她的快乐。其余四个猫儿也是这样不去捕鼠，人家见他们家里养了五个猫儿，以为一定夜夜肃静，高枕无忧了。谁知道他们一向没有见过杀敌献俘的事儿。夜夜有几处受着鼠儿的侵掠和破坏。我也曾对他们说，你们养这些骄兵惰将，依旧是群盗如毛，岂不可笑？她们的母亲有时也想整顿军备，争奈几个女孩子，争着替猫儿缓颊，便再也不能改弦更张了。猫儿一年一年过去，是没有什么变动，它的主人却从垂髫到及笄，已是待字年华。过了几年，忽地嫁了。我那时走到她的家里，见着阿花，便生了许多感想。小茶去了，撇下了阿花，头也不回地去了，一无依恋地去了。阿花失了靠，便无精打采似的，只得依着小茶的母亲了。

　　小茶归宁的时候，人家"阿花咪咪"地呼来小茶，只是说了一声"兀自无恙呢"。完全变换了相逢未嫁的情态了。可笑五个女孩子逐渐地嫁出去，一个个把所爱的猫留给她们母亲。她们的母亲，似乎把五个女孩子换了五个猫。为着没有人去优待它，五个猫儿只得夜间做些功课，给老主人看，希望赏些腥气的东西吃。所以，觉得夜间比较安静了许多。

（原载1922年《半月刊》第11期）

猫冢

宗璞

十月份到南方转了一圈，成功地逃避了气管炎和哮喘——那在去年是发作得极剧烈的。月初回到家里，满眼已是初冬的景色。小径上的落叶厚厚一层，树上倒是光秃秃的了。风庐屋舍依旧，房中父母遗像依旧，我觉得一切似乎平安，和我们离开时差不多。

见过了家人以后，觉得还少了什么。少的是家中另外两个成员——两只猫。"媚儿和小花呢？"我和仲同时发问。

回答说，他们出去玩了，吃饭时会回来。午饭之后是晚饭，猫儿还不露面。晚饭后全家在电视机前小坐，照例是少不了两只猫的。媚儿常坐在沙发扶手上，小花则常蹲在地上，若有所思地望着我，我总是和它说话，问它要什么，一天过得好不好。它以打呵欠来回答。有时就试图坐到膝上来，有时则看看门外，那就得给它开门。

可这一天它们不出现。

"小花，小花，快回家！"我开了门灯，站在院中大声召唤。因为有个院子，屋里屋外，猫们来去自由，平常晚上我也常常这样叫它。叫过几分钟后，一个白白圆圆的影子便会从黑暗里浮出来，有时快步跳上台阶，有时走两步停一停，似乎是闹着玩。有时我大开着门它却不进来，忽然跳着抓小飞虫去了，那我就不等它，自己关门。一会儿再去看时，它坐在台阶上，一脸期待的表情，等着开门。

小花被家人认为是我的猫。叫它回家是我的差事，别人叫，它是不理的，仲因为给它洗澡，和它隔阂最深。一次仲叫它回家，越叫它越往外走，走到院子的栅栏门了，忽然回头见我出来站在屋门前，它立刻转身飞箭也似跑到我身旁。没有衡量，没有考虑，只有天大的信任。

对这样的信任我有些歉然，因为有时我也不得不哄骗它，骗它在家等着，等到的是洗澡。可它似乎认定了什么，永不变心，总是坐在我的脚边，或睡在我的椅子上。再叫它，还是高兴地回家。

可是现在，无论怎么叫，只有风从树枝间吹过，好不凄冷。

七十年代初，一只雪白的、蓝眼睛的狮子猫来到我家，我们叫它狮子，它活了五岁，在人来讲，约三十多岁，正在壮年。它是被人用鸟枪打死的。当时它刚生过一窝小猫，好的送人了，只剩一只长毛三色猫，我们便留下了它，叫它花花。花花五岁时生了媚儿，因为好看，没有舍得送人。后来又有一只小猫没有送出。花花活了十岁左右，也是深秋时分，它病了，不肯在家，曾回来有气无力地叫了几声，用它那妩媚温顺的眼光看着人，那是它的告别了。后来它忽然就不见了。猫不肯死在自己家里，怕给人添麻烦。

孤儿小猫就是小花，它是一只非常敏感，有些神经质的猫，非常注意人的脸色，非常怕生人。它基本上是白猫，头顶、脊背各有一块乌亮的黑，还有尾巴是黑的。尾巴常蓬松地竖起，如一面旗帜，招展很有表情。它的眼睛略呈绿色，目光中常有一种若有所思的神情。我常常抚摸它，对它说话，觉得它不知什么时候就会回答。若是它忽然开口讲话，我一点不会奇怪。

小花有些狡猾，心眼儿多，还会使坏。一次我不在家，它要仲给它开门，仲不理它，只管自己坐着看书。它忽然纵身跳到仲膝上，极为利落地撒了一泡尿，仲连忙站起时，它已方便完毕，躲到一个角落去了。"连猫都斗不过！"成了一个话柄。

小花也是很勇敢的，有时和邻家的猫小白或小胖打架，背上的毛竖起，发出和小身躯全不相称的吼声。"小花又在保家卫国了。"我们说。它不准邻家的猫践踏草地。猫们的界限是很分明的，邻家的猫儿也不欢迎客人。但是小花和媚儿极为友好地相处，从未有过纠纷。

媚儿比小花大四岁，今年已快九岁，有些老态龙钟了。它浑身雪白，毛极细软柔密，两只耳朵和尾巴是一种娇嫩的黄色。小时可爱极了，所以得一媚儿之名。它不像小花那样敏感，看去有点儿傻乎乎。它曾两次重病，都是仲以极大的耐心带它去小动物门诊，给它打针服药，终得痊愈。两只猫洗澡时都要放声怪叫。媚儿叫时，小花东藏西躲，想逃之夭夭。小花叫时，媚儿不但不逃，反而跑过来，想助一臂之力。其憨厚如此。它们从来都用一个盘子吃饭。小花小时，媚儿常让它先吃。小花长大，就常让媚儿先吃。有时一起吃，也都注意谦让。我不免自夸几句："不要说郑康成婢能诵毛诗，看看咱们家的猫！"

可它们不见了！两只漂亮的、各具性格的、懂事的猫，你们怎样了？

据说我们离家后几天中，小花在屋里大声叫，所有的柜子都要打开看过。给它开门，又不出去。以后就常在外面，回来的时间少。以后就不见了，带着爱睡觉的媚儿一起不见了。

"到底是哪天不见的？"我们追问。

都说不清，反正好几天没有回来了。我们心里沉沉的，找回的希望很小了。

"小花，小花，快回家！"我的召唤在冷风中，向四面八方散去。

没有回音。

猫其实不仅是供人玩赏的宠物，它对人是有帮助的。我从来没有住过新造的房子，旧房就总有鼠患。在城内迺兹府居住时，老鼠大如半岁的猫，满屋乱窜，实在令人厌恶，抱回一只小猫，就平静多了。风庐中鼠洞很多，鼠们出没自由。如有几个月无猫，它们就会偷粮食，啃书本，坏事做尽。若有猫在，不用费力去捉老鼠，只要坐着，甚至睡着喵呜几声，鼠们就会望风而逃。一次父亲和我还据此讨论了半天"天敌"两字。猫是鼠的天敌，它就有灭鼠的威风！驱逐了鼠的骚扰，面对猫的温柔娇媚，感到平静安详，赏心悦目，这多么好！猫实在是人的可爱而有力的朋友。

小花和媚儿的毛都很长，很光亮。看惯了，偶然见到紧毛猫，总觉得它没穿衣服。但长毛也有麻烦处，它们好像一年四季都在掉毛，又不肯在指定的地点活动，以致家里到处是猫毛。有朋友来，小坐片刻，走时一身都是毛，主人不免尴尬。

一周过去了，没有踪影。也许有人看上了它们那身毛皮——亲爱的小花和媚儿，你们究竟遇到了什么！

我们曾将狮子葬在院门内枫树下，大概早溶在春来绿如翠、秋至红如丹的树叶中了。狮子的儿孙们也一代又一代地去了，它们虽没有葬在冢内，也各自到了生命的尽头。"前不见古人，后不见来者"，生命只有这么有限的一段，多么短促。我亲眼看见猫儿三代的逝去，是否在冥冥中，也有什么力量在看着我们一代又一代在消逝呢。

1992年11月上旬

（原载1993年《美文》第1期）

猫的悲哀

林庚

主人搬走了，于是只剩下了猫。这是个类乎悲剧的事情，偌大一座空房子令这点一个小动物守着。

这只猫事前并未知道主人搬家，以为不过因为今天天气好，所以大家把东西搬出屋子来晒晒太阳，吃过午饭后于是他照例爬上房顶到街坊家里去玩。这是一年春天的事，风吹着杨柳，柳絮蒙蒙与猫咪咪的叫声打成一片，这时猫不能不到街坊家里去玩乃是当然的事，何况这是一个出世未满一岁半的小雄猫——长得很好看的如一头小狮子——他有伶俐的爪，灵巧的眼睛，耳朵随着四面的声音会竖起来或向前去，这乃是一条完全的猫（他的尾巴是五色的如一条花蛇），第一次知道什么是春天了，这样他不会留意到主人要搬家，在邻近的猫的心中，大概都觉得是可以原谅的。

　　邻近究竟有多少猫？恐怕问夜间的春风也未必知道，人睡觉时听见这里一处那里一处地闹着，到底有多少猫呢？猫自己未必有心管这些。但许多猫群是以几个好看的雌猫为中心而成立的，像一个母性社会的部落，这小猫的一部落虽同别的一样并不确定，但一切他却比谁知道得都清楚。其中有不能不知道的理由，夜间的春风固然仍是不管。这小猫他却有很简单的苦衷，他只认得邻家的三只雌猫，而到那里去的雄猫一共可是七只，小猫很勇敢，他并非退缩，只是却不得不注意罢了。注意到那几个猫什么时候来，在什么地方等等，还有那三个小雌猫（尤其是有一个刚刚一岁的小白猫）又都喜欢什么？注意一件事总容易对于别的事变得糊涂了。于是主人不知什么时候搬了家，这事在小猫心中似有无限的委屈，"不公道！"他喵喵地叫了两声，但无人答应。

　　"咯吱！"木板墙的门缝不知怎么响了下，今年春天以来，这地方常有耗子偷偷跑出，小猫于是立刻竖起了耳朵，把身子静放在四个爪上，等待，等待，耗子连影儿都没有。

　　一分钟一分钟地过去了，尾巴由伸得笔直而卷到身下去，耳朵也恢复了常态，他连身体都觉得有些疲乏的样子，木板又自己"咯吱"的一响，方才完全是听错了，小猫叹了口气，无目的地走过这门，想着"咯吱"一声的木板真作弄人作怪。

"耗子。"小猫想起的确是许久没有尝的口味了。近来因为忙，只回家来吃主人给的拌饭，其中虽也间或有肉，究竟不多且都是熟的，想起一只新鲜的耗子不免十分馋起来。小猫走遍各处，没有耗子的影子，心里真有些怒气了。平日间总觉得耗子多，有时女主人因此还要骂几声，今天主人搬走了，他们反而一个也不出来，小猫一声不响地守在墙根一个大的耗子洞旁，有半点钟。却是耗子的脚步声都未听见。

今天晚饭是没有现成的了，小猫清楚地知道。这确乎像一件可悲哀的事，没有吃的是不行的！从心里头发出这样一句话来（其实他又好像并不只为这一顿打算。因为同那别的猫玩而牺牲了一顿饭是不止过一回的事），而且吃完了东西还得到街坊家去，这乃是为什么急于要吃的最大理由。于是这猫想找个方法来弄吃的了，除了平日主人给的饭外，他只有耗子是吃过的，小猫是很好的一只猫，从来没有偷过嘴，而且他真有些害怕也不知是害羞。然而弄耗子吃已于无意中试验过了，恐怕耗子今天也搬走了。小猫在院子里徘徊。

一个空的院子，地下丢着一些破烂东西，四面便是空的房子，在昨天以前，这时四面早点起灯来了。荧荧的多么好看，但此刻是全黑着。什么地方找吃的呢？（小猫这时忽然想到要是那三个雌猫都住在这房子里就好了，他们可以随便地玩得天翻地覆，也不至于有人踩着脚，或拿着棍子赶出来。）

天是很黑的，就是大着胆子（因为他还是个小猫）爬到树上头去捉小鸟，也是什么都看不见的。小猫真有些悲哀了，他从厨房里走出来又走进去，一遍一遍地嘴里喵喵着，厨房则如一个哑巴，什么也不响。

听见不远的地方有晚风吹来咪咪的猫叫，小猫怀着悲哀的情绪，一溜烟由厨房小院里的一棵大槐树爬上房去。心里今天觉得事事不痛快。肚子还真有点饿起来，但这倒不要紧，小猫想假如明天一早主人就又搬回来的话，倒不妨畅快地玩这一晚。

到了邻院，果然来晚了！但那只小白猫不知怎么的竟会在大家不觉里，偷偷地跟着他溜出来，跑到一间煤屋里面。这地方再不会有别个猫来了。他们玩着，但他心中却似有件什么忘了似的，他知道准是那空房子作怪！

小白猫惊讶地问着他难道还没吃饭吗！缘故是他肚子在

这时忽然叫了一声，话被问得太不好意思了，连她说过后也觉有些后悔起来，但他还是年纪太小，没学会怎样说谎，怎样可以假托日来胃里有些不舒服，吃东西总不大消化而且会这样叫。只得羞红了脸说真是没吃。

说过后两个都觉得坦白了，于是这一对小猫打算到白猫家的厨房里去偷点肉吃。偷主人的东西吃在白猫也还是初次，因为那主人家里有一只忠心的狗，那狗对小白猫很像一个先生，而且忠心得使她觉得偷吃是一件坏事，但肉在厨房里摆着而有猫饿着肚子不是岂有此理吗？"非偷吃不可！"两个猫一路上快活地跑去，小白猫领着小邻猫，这小猫觉得今天什么都变得特别了。

到了白猫的家，远远听见厨房的房顶上却有几个雄猫大声地争吵着，小白猫不敢再走向前去，这小狮子猫并非缺少勇敢，却觉得冒险的目的不过一两块肉（最重要的还是带累了小白猫）殊不值得，并且事实上一顿不吃肚子也不见得便太饿，两个猫便都这样地不言语了。那边房顶上却越吵越厉害，渐渐地远处似乎又有两个猫声跑向这地方来，在一个房脊上这一对小黑影只得慢慢地退下去。

"到什么地方去呢？"两只小猫一同问着，远近都有雄猫的狂叫声。

小花猫此刻想起主人搬家的悲哀来，如果有现成的晚饭吃了，何至于在煤屋里玩时肚子叫那一声，多么不好意思的事。而且又鬼使神差地跑到这样进退两难的地方来！

"走吧！"白猫听见左面近处有一只猫似乎发现什么似的高叫了一声，两个连忙蹑手蹑脚地又偷偷逃开那危险圈。

"到我们家去吧？"花猫说。

"你家那张大姐厉害，有一回差点用扫帚把我脚打坏。"

"我的主人搬家了！"这小猫说时真的又似有无限的悲哀。

但他们因此快乐地回去了，这一夜小花猫为了想念主人留住白猫做伴，于是成了这座空房子的两个主人，房子黑魆魆的深沉，只见四只闪着黄光的眼睛，如深山中的老虎，不期然间却捉了两只耗子。这样的事，当然，别的猫这一夜是全然不会知道的。

（原载1934年4月《文学季刊》第1卷第2期）

猫

李汉荣

上小学时，我家养着一只黑猫。白天它总是在堂屋里懒洋洋地睡觉，睡累了，才慢悠悠在房前屋后溜达一阵，又睡过去，呼噜呼噜打鼾。我羡慕它的自由和清闲，它自己管理着自己，没有人训斥它，也没有繁重的作业和劳动。到了夜晚，它出去一阵又返回来，我上床睡觉的时候，它也上床，钻进我的被窝，睡在我脚下，与我同眠，为我暖脚，在寒冷的冬夜，他就是我脚下一个软绵绵热乎乎的暖脚袋。它呼噜噜的鼾声，应和着一个少年均匀的鼾声，与窗外细密的蛐蛐儿的琴声，混合成乡村夜晚最纯真的抒情的颤音。少年的夜晚没有故事，没有重量，但少年的夜晚并不浅薄，少年的夜晚是寂静深沉的，也是浩瀚无边的。一只黑猫，加深了一个乡村少年的睡眠深度。

有一次睡到后半夜，我醒来，感觉脚下很空，被子漏着风，才发现黑猫不在了。它去了哪里呢？母亲说，猫和人不一样，猫的昼夜与人的昼夜是反的，白天是猫的夜晚，夜晚是猫的白天，就像我们在白天干活过日子，猫在夜晚捉老鼠、找朋友，过猫的日子。现在想来，猫与我们并不生活在一个世界，猫是一种古老的精灵，猫没有古代和现代的界限，猫生活在我们时间遥远的背面，猫的时间永远停留在混沌未开的远古的夜晚。

这年冬天，哥哥弟弟的脚都冻烂了，我的脚却完好无损，我得感谢我的被窝里有一只为我暖脚的猫。不管它是有意识地陪伴和帮助我，还是仅仅是陪伴我的同时也让我陪伴了它，反正是一只纯真的猫陪伴着一个纯真的少年，两颗无邪的心在一个被窝里跳动。与一只黑猫同眠，我的夜晚很温暖，我的夜晚没有噩梦。

后来，黑猫出走，不见了踪影，我在上学和放学路上，在找猪草的田野里到处寻找，都没有找到。父亲说，好猫管三村，它是到别的村子捉老鼠、做好事去了。

第二年春天，那天我在田野玩耍，在青青的麦田埂上，我听见几声轻柔的猫叫，一愣神，它已来到我的跟前，一看，就是我家那只黑猫，它显然还认识我，望着我连声叫。它很消瘦，肚子干瘪，它弓起脊背用身子亲昵地拂着我的裤腿，我弯下腰抚摸它的背，我摸到了它那皮包着的骨头，脊背瘦硬得竟有些硌手。我心里一怔，黑猫受苦了，离开我们清贫的家，它在外流浪的日子也很不好过。我们这次意外会面很短暂，过了一会儿，它"喵喵"打了几声招呼算是道别，一转身消失在田野，我久久远望着，麦苗间它瘦小的黑影隐隐约约，终于看不见了。

长达数月，不见黑猫归来，也见不到它的踪影。也许，猫是神秘的精灵，有着不为人知的深奥的秘密，它活着或不在了，都是一种神秘。

到了秋天，我在兰家营村找猪草，路边有一个简易农家厕所，其实是搭个草棚的长方形茅坑。我进去站着小解，忽然，眼睛一亮，继而眼睛发黑，心里一个激灵，心战栗着，希望不是它，却好像就是它，尿水上漂浮着一只黑猫的尸体。我拿起旁边的一节竹竿，从尿水里挑起有些变形的猫的尸体，细看，全身乌黑，显得越发瘦了，可怜的不过是一张皮包着几根细瘦骨头，它就是我家那只黑猫。也许，饥饿的它四处寻找吃的，路过这个茅厕时，极度瘦弱轻飘的身子一个趔趄，跌下尿坑，淹死了。

我无法让它复活，我也不愿它就这样死去，死了还要泡在尿水里。我可怜的黑猫，我软绵绵的暖脚袋，与我同床而眠的兄弟，与我相互取暖的少年伙伴。

我流着眼泪，提着黑猫的尸体，来到杨柳簇拥的漾河长堤，用猪草刀挖了一个坑，仿照人的坟墓，将黑猫埋了并垒起一个小小坟茔，捡了一块长方形石块立了墓碑，用铅笔在碑上写了四个字：黑猫之墓。

当时我心里十分悲凉，于今想来，其实哪里有什么神秘，所谓神秘，只是真相被隐蔽带给我们的幻觉，真相一旦揭开，却是那么平淡和惨淡。无论人或生灵，都没有什么神秘的生，也没有神秘的死。生，不过是不停地挣扎和艰辛地找寻；死，无论死得荣耀或死得黯然，不过都是大致相同的破败的结局和凄凉的收场。我们一度以为神秘的猫的神秘的失踪，会是一个神秘的传说般的故事，原来仅仅是在一个茅厕里的一个趔趄、一声惨叫、一阵挣扎和一阵沉浮，很快无声无息。

几十年过去了，漾河数次改道，那杨柳长堤早已塌陷，黑猫之墓的小小墓碑，早已被时间的激流磨成粉末，汇入遥远的太平洋。

　　但是，一只黑猫仍在我梦中奔跑，夜深人静之时，它的身影从宇宙浓黑的远方游离出来，它固执地要返回它的夜晚，却再一次来到一个少年的夜晚，纯真的它与那纯真的少年再次相逢，他们同床而眠，互相取暖……

　　　　　　　　　　（选自2023年4月江苏凤凰文艺出版社
　　　　　　　　　　《在更热烈的风里相遇》）